纏《てん》足《そく》探偵

天使は右肩で躍る

小島　環

集英社文庫

纏足《てんそく》探偵　天使は右肩で躍る

序

趙月華《ちょうげつか》の世界は、その日まで、なにもかもが完璧だった。

家が裕福で地位もあり、才能にあふれた七歳の少女だった。

地を蹴り、群衆の隙間をぬう。北京《ペキン》の春は暖かく、人混みの中は暑いくらいだ。月華はその小さな体で、人の前にでた。

「まだ幼い童子《こども》を狙うなんて恐ろしい」

「光瑞党《こうずいとう》から声明文はでてないのか？」

まわりの怒声を聞いていると、月華は笑いだしたくなる。

愚かだ、なにも見えていない。

帰ろうと踵《きびす》を返す月華は、自分と同年くらいの男児に気づいた。

月華より少し小さいその男児は、質はよいが古びた衣服を着ており、人のあいだから何かをそっと見ていた。その横顔は青く――けれど赤い斑点のような疱瘡《ほうそう》の跡があり――指先はふるえていた。

沿道には人々が集まり、卵や腐った野菜を投げている。

その先には、ひとりの男がいた。彼は、腕を鎖で繋《つな》がれ、足に重しをくりつけられ、長い板を二枚あわせて中央をくり抜いた首枷《くびかせ》をつけられていた。

「あなたの大切な人だったのね」

男児は月華の顔をはっと見つめて、その指摘に、さらに表情を消した。

月華は口の端を持ちあげると、なおも告げる。

「彼を救えたのは、主人である、あなただけだった。決定的な証拠を持っているのに、あなたはそれを口にだせなかった。ちがうかしら？」

「……なにを言うんだ。私は……！」

男児は月華の言葉をはねのけようとした様子だったが、まわりの目に気づいて声をひそめる。

「彼を見殺しにするわけは……自分が主犯だと思われて、同じように処刑されるのが怖いから」

断言してみせると、男児は月華の顔を見まわした。得体のしれない怪物を見るような瞳であり、天女を見るようなそれでもあった。

「……陥れられたのだ」

「わかるわ。そういう顔をしている。でも、ここにいても解決しないわ。さぁ、行きましょう」

月華が男児に手を差し伸べると、男児は瞳をうろつかせた。それから、月華の手に、手をそっと重ねた。

ふたりで沿道の人波から抜けだして、家々のあいだを駆けた。

大通りでは、商店から威勢のよい呼び声が響く。肉や野菜、麺に炒《いた》めものに点心など、爽やかな風に乗って、香りがただよう。

北京に住む者、旅人、行商人、驢馬《ろば》に山羊《やぎ》に馬が行き交う。通行人の顔も明るいものが多い。

少し汗ばむ春の日だ。

月華の足は軽やかにはずむ。もう七歳だが、まだ自由に走れる。衣服は下女の物を拝借した。北京の下町の子のふりをして、裕福なお嬢様だと気づかれないようにしている。けれど、ときおり、月華の顔を見てはっとする者がいる。月華は素知らぬふりをして、男児を人の気配のない橋の下までつれていった。

風に擽《くすぐ》られる。水面《みなも》は輝いている。ここは、月華のお気にいりの場所だ。

「彼は、世話役だ。私の兄を殺そうとした疑いで、捕まった。だが、そんなことするわけがない」

男児は悔しそうに、拳を握った。

「あなた、お兄様を殺された時に、彼と会っていたのね」

「そうだ。私が証人だ。けれど、……まだ七歳の私が、なにを言っても信用されない。それに、私と彼が、会っていたと主張したら……」

「主犯が彼ではなく、主人のあなたになる。彼は、あなたを守ろうとしている。真実を言ったらあなたまで捕まってしまうから」

そうでしょう、と月華は笑った。月華の推理は絶対に正解だ。

男児は月華の表情を見てなにかを言いかけたが、結局がっくりと肩を落とした。

「そうだ……私には、力がない」

「力がほしい？」

「ほしい」

顔には、後悔の色がある。瞳には怒りを宿していて、まるで烈火のようだ。

順治《じゅんち》十七（一六六〇）年三月。

皇帝崩御まであと一年もない、ある日の出逢《であ》いだった——。

第一話

1

康熙《こうき》七（一六六八）年、六月二十七日、朝食を終え、辰時《しんじ》（午前七時から九時）頃、十五歳の亦不喇金《イブラヒム》・瑠瑠《ルル》は、三十五歳になる母の亦不喇金・阿伊莎《アイシャ》と礼拝の間にいた。礼拝の間には、絨毯《じゅうたん》が敷きつめられている。絨毯の模様は、円や直角、曲線などが描かれており、それは懐かしい故郷を思い起こさせた。

厳かな雰囲気がする房室（部屋）で、瑠瑠の隣には阿伊莎がいる。

阿伊莎は絨毯のうえでうずくまり、嗚咽《おえつ》していた。

胸がはりさけそうになったが、静かに阿伊莎の肩に手をそえて、その頭に絹布をそっと被《かぶ》せた。母の黒い艶やかな巻き毛が、黒の絹布からのぞいている。

「どうして……あなたが死ななくてはならなかったの？」

悲痛な声に瑠瑠は瞼《まぶた》をぎゅっと閉じた。

亡き父の名を心の中で呼ぶ。童子《こども》の目から見ても、仲睦《なかむつ》まじい両親だった。阿伊莎はずっと礼拝の間から離れない。

房室の扉が叩《たた》かれる。

顔をあげると、三十代半ばの小父《おじ》、康思林《こうしりん》が立っていた。意志の強そうな眉に、眼窩《がんか》の彫りが深い。豊かな睫毛《まつげ》をしていて、瞳はどこか阿伊莎に似ていた。

「瑠瑠、ちょっといいかい？」

思林は母方の遠縁だ。北京《ペキン》に生まれ育った。彼は、貿易商を営む亦不喇金の一族の中でも人脈と目利きに優れており、大口の注文を受けたり、有力な牙行《がこう》（仲介業を営む組織）と取引をおこなったりしている。

「どうしたんですか？」

「頼みができたんだ。北京に着いて、三日目なのに、忙《せわ》しなくてすまないが」

瑠瑠たちを運んだ隊商との取引に、問題でもあったのだろうか。

強引に命じることもできるのに、思林は年少の者にも配慮した言葉遣いだ。

小父の穏やかな性格と、耳に心地のよい声に、瑠瑠は微笑《ほほえ》んだ。

頼みだなんて、嬉《うれ》しいことを言ってくれる。小父には感謝してもしきれないのだから、役にたてることがあるなら、ぜひ、したい。

それに、よいことをすれば、右の肩にいる天使が、善行を書きとめてくださる。たくさん書きとめてもらえたら、最後の審判の日に天秤《てんびん》にかけられても、悪行より善行のほうが重いと見なされる。

そうしたら、美しくて喜びにあふれる天国に行き、そこで永遠に暮らすことができる。

「私はなにをすればいいのでしょう？」

「趙月華《ちょうげつか》お嬢様のご期待に応えてきてほしい」

趙月華――知らない名だ。だけど、どのような相手であれ、小父が頼むとまで言うのだから、断る気はなかった。

「わかりました。どんなことをすれば良いのでしょうか」

「それが、君だけに伝えると言われてね」

「どういったお嬢様なのですか？」

「会えばわかるさ。とにかく、いそいで行ってきてくれるかい？」

「もちろんです。すぐにまいります！」

瑠璃は靴をはいて、礼拝の間をでた。

母屋が左側にあり、正面には小さな院子（庭）が広がっている。母屋の自分の房室に入って、机にある丸い鏡に自分をうつした。

瑠璃は、母の若い頃に容姿が似ているといわれる。黒の巻き毛と、意志の強そうな眉毛、黒い瞳を縁取る豊かな睫毛、筋の通った鼻に、形のよい紅《くれない》の唇だ。

白かった肌は、八ヶ月前より焼けて、棕色《こむぎいろ》になってしまった。

でも、いずれもとに戻る。なにもかも、もとに戻る。

瑠璃は青紫の絹布を頭から被りなおした。少しさがって、刺繡《ししゅう》入りの長衣を鏡にうつして、どこもおかしくはないかをたしかめた。故郷から着てきた服だ。腰のあたりを絹布で縛り、下にはゆったりとした袴《はかま》（ズボン）をはいている。

「いいわ、行こう」

房室をでて門を抜けると、瑠璃は光に目を細めた。見上げると、広がる青がある。故郷の濃い色とは違うことに気づいた。北京の空は青を薄めたような色だ。

歩む速度を落として、瑠璃は空に背をむけた。

「瑠璃お嬢さん、準備はできています！」

門前に馬車がとまっていた。

「頼むわね、義六《ぎろく》」

「はい！　それでは、まいりましょう」

瑠璃に返事をする声は快活だ。

義六は思林の家の使用人だ。瑠璃より数年上の漢人《かんじん》で、小身で瑠璃よりも僅かに背が低い。色の抜けた薄灰色の衣服を着ており、濃い色の靴をはいている。

瑠瑠を乗せた馬車が牛街《ぎゅうがい》を走る。

牛街は、北京に住む回教徒（イスラム教徒）が多く集った街だ。

行きかう人の服は、瑠瑠と似た格好が大半だが、漢民族の服装である襦裙《じゅくん》を着た女性や満州族の旗袍《チーパオ》を着ている男女もいる。

道には石榴《ざくろ》と棗《なつめ》の木がならんでいた。羊肉を売る店先には生肉が吊《つ》るされ、香辛料を売る店からは恋しい小豆蔲《カルダモン》の香りがただよってきた。

香りが瑠瑠を落ち着かせてくれる。看板に書かれた阿拉伯《アラビア》語がいまとなっては懐かしい。

回教の寺院である清真寺《せいしんじ》の前を駆ける。「いってきます」と心の中で挨拶をする。

馬車はまもなく、牛街をでた。

街から阿拉伯語は消えさり、看板は漢字ばかりになった。商店街で呼びかける声は、どこも中国語だ。辮髪《べんぱつ》の男性が道を行き交っている。婦人は髪をあらわにして、髪飾りで彩っている。男女ともに、中国の衣装を着ている人ばかりだ。

家から遠ざかるにつれて、世界で仲間が義六だけになり、暗闇に突き進んでいくような心地がした。瑠瑠は膝のうえで拳を握った。

趙家の屋敷は内城の中心地近くにあった。門前で義六が馬車をとめる。義六に手をとられて、ゆっくりとおりた。門番がやって来たので、義六が瑠瑠の名を告げた。

「聞いております。中にどうぞ」

門番がじろじろと瑠瑠を見た。物珍しい見世物でも見る目だ。瑠瑠はじっと門番を見返した。まっすぐ目を見ると、門番が目をそらした。

「通させていただきますね」

瑠瑠は微笑んでみせた。

邸内にはいると、すぐに家令（執事）がでてきて瑠瑠を院子に案内した。院子には築《つき》山《やま》、庭石と、礼拝の間より少し大きめの舞台があった。舞台には、朱塗りの柱と深灰色《にびいろ》の瓦屋根がついている。さらに、幾多の樹木の中には若い実をつけた林檎《りんご》があり、鉢植えの花々のあいだを蝶々《ちょうちょう》が飛んでいて、目に美しい光景だった。

瑠瑠は、椅子の側《そば》で待っているように告げられた。

まもなく、可憐《かれん》な少女が、長身の婦人を従えてあらわれた。

少女は豊かな黒髪をまとめて結いあげ、銀の簪《かんざし》を刺していた。耳には真珠の耳環《じかん》をつけている。化粧をした顔は、形の良い眉にささやかな鼻、薔薇色《ばらいろ》の頬に、上品な薄い唇をしていた。赤色の旗袍は絹でできていた。立襟は玉緑色で、襟まわりは黒地に金の緻密な刺繍がほどこされていた。

美しい人形を思わせる少女だ。

瑠瑠は彼女の歩きかたに、違和を覚えた。どこか雛鳥《ひなどり》を思わせる、ゆっくりとした歩みだ。

思わず支えたくなる頼りなさがあるが、少女は優雅に前をむいている。顎を引き、背筋を伸ばして、公主（王女）のような威風をはらっている。

少女の背後から従う長身の婦人は、凜《りん》とした顔貌《かおかたち》をしている。黒髪を後ろでひとつに縛り、意匠も刺繍もない旗袍を着ていた。歩きかたに不自然なところはない。

あの少女が月華お嬢様だろうか。足がお悪いのかしら？

疑問に思っていると、月華が椅子に着席して、瑠瑠をじっくり見たあと手招きをした。

「おまえが回教の娘、瑠瑠か。こっちにおいで」

この国で回教は、儒教や仏教に比べて少数だ。この国に来てから、幾度となく奇異の目をむけられた。

月華の瞳も好奇心に満ちていて、その口元も楽しそうに笑みをうかべていた。

瑠瑠は唇をとがらせそうになったが、月華の椅子の前にむかい、失礼のないように座った。

「回教では右を優位とする。左の手は、不浄の手だとか？」

月華が旗袍の裾から爪先を持ちあげて、そのまま瑠瑠の左の大腿《だいたい》を踏みつけた。

息を呑《の》んだ。いままで生きてきて、誰かに踏まれたことなんてない。やめてと言おうとして、はたと気づいた。

なんて小さな足かしら！

月華の爪先から踵《かかと》まで、瑠瑠の掌《てのひら》ですっぽりと隠せる大きさしかない。足を包む紅の絹靴には金糸で蓮《はす》の刺繍がほどこされており、高価で美しいものだった。

月華が唇の両端をにんまりと持ちあげた。

「これが事情だよ。おまえたちのような大足ではなくてね。纏足《てんそく》というんだ。幼い頃から足を矯正して、小さくするのさ。愛らしいだろう？」

瑠瑠は耳を疑った。

あえて嬰児《えいじ》のような足にしておく、という状態が、瑠瑠には理解できない。しかし、頼りない歩きかたは、これが原因だ。

瑠瑠は大腿を踏みつける足を、そっと両手で包んだ。

「お可哀想《かわいそう》に。あなたの苦痛が少しでもなくなりますように」

「……おまえ、身分はわかっているか？」

「え？」

「私の足に軽々しく触れるでない！」

「そんな！　軽々しい気持ちではありません！」

「外猫は家猫とちがって礼儀を知らぬな！」

月華は声で瑠瑠をひっぱたくと、足をひっこめ、つんと顎をあげた。

「おまえ、撒馬爾罕《サマルカンド》から天山北路《てんざんほくろ》（絹の道《シルクロード》）のおよそ万里《ばんり》（約六一九〇キロメートル）を通り、北京まで来たそうだな」

瑠瑠は月華の瞳を見上げた。

「はい、そのとおりです、月華お嬢様」

動物あつかいは気にいらないが、瑠瑠は撒馬爾罕の育ちである事実を、月華に軽んじられたくなかった。だから反発せずに飲みこんだ。礼儀なら知っている。父母から教育も受けている。

「十五歳、私と同年か」

「そうなんですか」

もっと幼いかと思った。瑠瑠は故郷では平均の体つきをしていたが、月華は一回り華奢《きゃしゃ》だ。

「それに父親を亡くしている」

「……なぜ、そのことをご存じなのですか？」

月華が鼻を鳴らして瑠瑠を見た。

「おまえは回教の娘だ。まだ若年。その娘を、危険な天山北路の旅にだすだろうか。家族になにかあったにちがいない」

瑠瑠は目を見開いた。月華は熱烈に話し続ける。

「父親になにがあったか」

なにもかも見透かすような瞳で凝視されて、瑠瑠は顔をそむけた。

「おやめください、月華お嬢様」

「なぜだ？　おまえが、関わっているのだな」

「お嬢様……もう、やめて」

「そこまで嫌がる……そうか！」

「もう、やめてください！」

瑠瑠がさえぎると、月華がにやりとした。

「けれど、私のところには情報が集まってきて、それを整えれば、色々とわかってくるのだよ。人は私のこの力を、『つまびらきの写鏡《うつしかがみ》』と呼ぶ。物事の微細な一片を感じただけで、私は全体像をありありと頭の中で再現できるのだ」

瑠瑠は言葉を失った。

「おまえには私の足になってもらう」

「足？　なんで、そんなご命令を私に……」

月華の足では自由に歩けないのはわかる。だが、側には付き人がいるではないか。彼女だけでなく、誰にでも思うままに命じてどこにでも行かせられる。

「撒馬爾罕から来た回教の娘だ。北京育ちには見つけられぬ違和に気づくやもしれん。

それに、外猫のおまえにも興味がある。私の足を見て感嘆の息を吐くではなく、可哀想などと面とむかって言ったのはおまえだけだ」

　瑠瑠の見た目ではなく、これまでの生きかたの違いが月華の関心を得たのだろう。興味があるのならば、私のことを知っていただこう。

「お呼びいただいたのは、なぜですか？」

「兄から、ある劇団の頭領が殺されたと聞いた。嫌疑人は第一発見者の役者で、兄が推察するには犯人であろうと。しかし、有名であり人気の花役者だ。頭領を殺す証拠も動機もない。そこでおまえに、事件に関する人物や物事について情報や噂《うわさ》を集めてきてもらいたい」

「私は北京に来てまだ三日です。求められている情報や噂を集めてくるなど、できません」

「それくらいわかっている。いまのおまえに難しいことは頼んでいない」

　瑠瑠はぐっと奥歯を噛《か》みしめた。脳裏に小父の顔がうかんだ。

　小父にはとても世話になっている。その小父の頼みでここに来た。期待に応えたい。ならば、結果をだせばいいだけだ。

「ではよいな。劇団を見に行くのだ。これを」

　月華が懐から布包みをだした。

「……これはなんですか？」

「おまえに渡すのではない。賄賂として使え」

2

頭領の家は外城の南にあった。

瑠瑠は義六に礼を告げて馬車をおりた。

門前に大勢の人が集まっている。辮髪の男たちが「散れ！」と命じていた。彼らは皆そろって、上下ひとつなぎで丈のある長衫《ちょうさん》を着ている。この国の安全に携わる者たちだろうか。

人々はいったん退《ひ》いても、また戻ってくる。男たちの言葉に効果はなさそうだ。門のむこうは殺人現場なのに、お祭りさわぎのようだった。

人が死んでいるのに、不謹慎だな。

瑠瑠は眉をよせながら、門にむかった。

「趙月華お嬢様の遣いでまいりました、瑠瑠と申します」

「趙家だと？」

混雑をなんとかしようとしている男たちは、顔を見あわせると、慌てて門を通してくれた。

　頭領の家の院子には、朱塗りの柱と瓦屋根があった。瑠瑠はそれが舞台だと悟った。

　忙しなく男たちが動き回っていた。院子を囲むように建てられた家屋の窓から、瑠瑠を見ている視線を感じた。

　視線は数が多い。瑠瑠は自分が目立っていることを意識しながら、男たちをまとめる首領を捜した。

「趙月華様に遣わされてきました。この現場の指揮を執られているかたにお話をお聞きしたいのですが」

「それなら、母屋の二階に行きな。事件の場に、李石《りせき》様がいなさる」

　感謝を告げて瑠瑠は母屋にはいり、二階に続く階段を登った。

　二階は二間あった。階段から近い房室の中を覗《のぞ》くと散乱していた。戸棚が倒され、卓と椅子が転がり、床には割れた茶器一式の破片が飛び散っていた。破片は、白磁に淡赤と緑の色が少しだけついている。何かの絵が描かれていたのだろう。

　房室の手前に、中肉中背の男性と、三人の若者がいる。四人は辮髪をしており、長衫を着ていた。

　若い人たちに指示をしている御仁が、李石様だろう。

　その男は、獰猛《どうもう》な猪《いのしし》を思わせる体格で、顔つきは冷酷な蛇のようだった。

近づいたら噛まれそうで、話しかけるのがためらわれた。房室の隅で立ちつくしていると、若者が瑠瑠に気づいて指をさした。それを追って男性が瑠瑠を見た。

声をかけるなら、いましかない。

「はじめまして。李石様ですよね。瑠瑠と申します」

上手《うま》く中国語が話せているだろうか。耳元に心音を感じながら、瑠瑠は男性に近づいて拝礼をした。父に習った拝礼は、年長者や男性に対して示すべき敬意だと教えられている。

「こんなところに回族の娘がどうした？」

頭から爪先まで、じろじろと舐《な》めるように見られた。

李石の態度は、明らかに瑠瑠を邪魔者だと思っているようだった。瑠瑠は帰りたくなった。自分がこの場にふさわしくないと、わかっている。それでも、月華の命令がある。

「趙月華様の遣いでまいりました。お嬢様は、今回の事件にご関心がおありです」

瑠瑠の言葉に李石が目を見開いた。瑠瑠の口から月華の名がでたのが、よっぽど意外だったとみえる。

「なるほど、月華様か。これは遊びではないんだがなぁ」

李石が顎に手をあてた。

「くれぐれも月華様のお父上に、私が献身的であったと伝えるように」

うって変わって顔に愛想笑いを貼りつけた。

趙家はよほど力がある家のようだ。李石の優しい声音に、瑠瑠は嫌悪を覚えた。だが、悪い感情をあらわにするのは失礼だ。ぐっとこらえて微笑む。

「かしこまりました」

瑠瑠の返事に、李石が二度深く頷《うなず》いた。

「昨夜、頭領が死んだ。窃盗が房室に侵入して、頭領の首を絞めたのだ」

「窃盗って、……犯人の顔は見ているのですか？」

「第一発見者の役者・天雲《てんうん》が物取りに気づいて、戦い、撃退した。いま天雲の証言から肖像を描かせて捜査をしている」

「第一発見者が嫌疑人と聞いております。疑いは晴れたのですか？」

「動機が微塵《みじん》もないからな。それに、相公《しょうこう》の天雲が人を殺せるとも思えん」

李石はにんまりと笑った。どこか下衆《げす》な表情だ。

「相公とは？」

聞きたくないが、知らない言葉なので問うしかあるまい。

李石がやれやれと呆《あき》れた顔をした。

「知らんのか。女役の少年俳優として歌や芝居を仕込まれ、着飾って宴席に侍《はべ》るんだ」

「……わかりました。すなわち、窃盗は外部の人間ですね？」

「そうだ。そもそも役者たちが殺すはずがないんだ。大きな興業を間近に控えている。頭領がいなくなったらそれもできなくなるからな。だから、頭領に恨みを持っているやつからあたっていく。忙しいから、小姑娘《こむすめ》の相手はできないぞ」

「はい、李石様。それでは捜査の結果がでたら教えてください。私の名前は瑠瑠です」

「いいだろう。それで、小姑娘はどうするつもりだ？」

名乗ったのに名を呼ばれなかった。童子だからなのか、異国の者だからか、嫌がられているのか、なぜ拒まれるのかわからない。

「月華お嬢様の気持ちをお慰めできるように、事件をもっと知りたいと思います。天雲様とお話はできますか？」

「そうだな、相手をさせよう」

断られなかった。よほど趙家の権威は強いのだろう。

部下のひとりが場を離れていった。天雲を呼びに行くのだろう。場に残って待っているか、部下について行くか迷った。

瑠瑠は部下の後をついて行くことにした。部下は途中で瑠瑠に気づいてふりかえったが、なにも言わずに母屋をでて、隣にある別棟にはいった。

「天雲！　でてこい！」

部下が声をあげると、まもなくふたりの役者があらわれた。ふたりは十五歳の瑠瑠より二、三歳年上のようで、瑠瑠の頭半分くらい背が高かった。ふたりを比べると、掌ひとつほどちがいがある。

わずかに背が低いほうの少年は辮髪で、黒い長衫を着ていた。意志の強そうな太い眉、きらめきのある瞳、通った鼻筋にきゅっと結んだ唇だ。

少年を見ていると、太陽の光を浴びて、新緑の若木が爽やかな風に吹かれる時の心地よさを感じた。何十人、何百人いても、少年が輪の中心になりそうだと予感させるものがあった。

もう一方の役者は、白に淡い青色の襦裙をまとっていた。前髪は形の良い眉の上にあり、左右の肩から黒髪の房を膝のあたりまで垂らしている。瞳は大きく、鼻筋は通っており、唇は微笑みを作っていた。

優しい雰囲気は、どことなく瑠瑠の母を思わせたが、圧倒的に眩《まばゆ》さがある。すれちがっても、ふりかえってしまうような蠱惑《こわく》だ。

女形《おんながた》の役者が、天雲なのだろう。

「はじめまして、瑠瑠と申します」

「こんにちは。私は天雲。君は、上手に中国語を喋《しゃべ》るんだね」

天雲の声は、少女のものと言われたら信じてしまうくらい高めだった。その言葉に嫌味は少しもなく、瑠瑠の技能を心から褒めてくれていると伝わってきた。

「幼い頃から父に習いました。父は各国の言語に通じている北京人でしたので」

「それなら、君の母上が、異国の血を継いでいたのだね」

「はい。父は、なにも持たない貧乏な童子でしたが、遠い異国への憧れがあったそうです。語学が好きでしたので、隊商に通訳として同行して、天山北路を通り、万里をかけて、撒馬爾罕まで来ました。そこで私の母と出会い、大恋愛の末に、祖父に渋々認められて結婚したのです」

当時、自由な恋愛を経て結婚するなど珍しかった。たいていは、親が決めた婚約者と結ばれる。

だからだろうか、父は瑠瑠にも「自由に生きよ」と告げた。自らあらゆる言語を兄妹に教え、勉学や習い事をさせてくれた。

「そうなんだね。情熱のある父上だ」

耳に心地のよい声が聞こえた。

過去の記憶をたどっていた瑠瑠は、自分ばかりが語っていたと気づいて、恥ずかしさに頬が熱くなった。

慌ててふたりにむかって拝礼をした。

「私は北京に来てまだ三日目です。言葉のつたなさや、失礼があったらお許しください」

「そんな礼はいいよ」

　天雲が隣の少年の肩を抱きながら、ほがらかに笑った。

「こちらが藍暁《らんぎょう》だ。私たちはこの劇団で育ったんだよ。藍暁は心配性でね、私が嫌疑人になったからって、嫌疑が晴れてもまだ狼狽《ろうばい》してついてまわってるんだ」

「天雲、俺は……」

　藍暁はそう言って口を噤《つぐ》んだ。暗い表情は天雲を憂慮してのことか。仲が良いのだなと瑠瑠は予測した。

「ああ、語らなくてもわかっているよ、兄弟。我ら、生まれし日、時はちがえども兄弟の契りを結びしからは、心を同じくして助けあい、役者の花道を目指さん！」

　芝居がかった台詞《せりふ》を天雲がきっぱりと宣言した。藍暁はやっとぎこちない微笑みをうかべた。ふたりが落ち着いたところをみはからって、瑠瑠は声をかけた。

「趙家のお嬢様のご要望で、この事件をもっと知りたいと思います。昨日の経緯《いきさつ》をお聞きしてもよろしいですか？」

　天雲がもちろんだと頷いた。

「私は頭領と一緒にお客さんと過ごしていた。お客さんが帰るというので、送別して、戻ってきたら窃盗がいたんだ。驚いたけど、戦って、撃退したよ」

「そのお客さんについて詳しく教えてください」

「……彼を疑っているのかい？　高名な画家の典照《てんしょう》だよ。劇団の絵を描く約束になっていた。代わりに充分な謝礼をもらう予定だったから、典照も頭領を殺すわけがない」

天雲が言った。

瑠瑠は目を藍暁にむける。藍暁は憂いを帯びた顔だ。

「俺は次の公演の練習をしていた」

「その時は、誰かと一緒でしたか？」

「何人かといたよ」

「頭領は、どんな人だったんですか？」

「……どんな人か。そうだね、優しい人だったよ」

天雲が先に口を開いた。

隣の藍暁がはっとした顔をして天雲を見たが、すぐに表情を消して、「そうだな」と肯定した。

「優しい人だった。稽古は厳しかったが、うまくやるとご褒美があった」

藍暁のご褒美という言葉に、瑠瑠は懐かしい記憶が蘇《よみがえ》った。

「同じです！　私の父は、幼い私が中国語を上手に話すと、きまって頭を撫《な》でてくれました。それが嬉しくて頑張りましたよ」

天雲と藍暁との共通点を見つけた。それが瑠瑠は嬉しかった。

「ああ、それは……私たちも撫でられたよ。私は気にいられていたから、小さい頃からどの子よりも撫でていただいた」

天雲が腕を組んで目を細めた。うっすらと笑みをうかべている。幸せな幼き日を思い返しているのだろうか。

「藍暁さんもそうだったんですか？」

「なぁ、もういいだろ、この話は。頭領は死んじまったんだから」

藍暁が苛立《いらだ》ちに染まった声をあげた。

頭領は厳しくとも優しい人だったようだ。そんな頭領を失って、ふたりとも、自分たちや劇団の行く末が不安なのだろう。

「劇団についてもっと教えていただけますか？」

「いいよ。それならこの家を案内しよう」

天雲に続いて藍暁も別棟をでた。瑠瑠も後に続く。天雲が母屋を指さした。

「この家は北の母屋に頭領一家が、西の棟には劇団員が、東の棟には使用人が住んでいる。中央には院子があって、稽古用の舞台がある」

天雲について院子にでた。四角い舞台が置かれている。

「ここで練習するのさ」

天雲が舞台にひょいと乗った。

「この国の劇は見たことがないだろう?」

「はい」

「藍暁、舞台にあがりな。私たちが魅《み》せてやろう」

「……頭領が死んでいるんだぞ」

「それでも私たちは役者だろ」

天雲の動きが、まるで柔らかな風のように、しとやかで優美なものとなった。その表情は、見る者をせつなくさせる。潤んだ瞳が、藍暁にむきあった。

「陛下をお慕いしております。わたくしの気持ちは永遠にかわりませぬ」

「それ以上は、聞きたくない!」

瑠瑠の隣にいた藍暁が、黒い旋風のように舞台にあがった。その顔に、さっきまでの憂いはない。だが、苦悩があった。雄々しく、逞《たくま》しい姿は、天雲との身長差が逆転したかに見えた。

「わたくしの気持ちはおわかりでしょう? どうか、陛下は行かれてください」

天雲の声が高くなり、そっと目元に袖をあてる。

肩をふるわせて、泣いている。

「そなたをおいて、いったい何処《どこ》に!」

「陛下は蜀《しょく》にゆかれて、この国をお守りください。わたくしには、これ以上陛下をわずらわせることはできませぬ。そして、この世に未練を残せば、罪となります。わたくしのことは、どうかお忘れになって。今生で、陛下の恩寵《おんちょう》をうけられ、幸せでした」

天雲は、今まさしく可憐な婦人だった。藍暁を見る眼差《まなざ》しは、ひたむきな愛に満ちている。

藍暁が強く舞台を蹴った。

「俺は玄宗《げんそう》皇帝のようにはならない。おまえを見捨てたりはしない。ふたりで役者として高みを目指そうと誓ったじゃないか！」

叫ぶ藍暁を天雲が片腕で抱きしめ、舞台に静けさが戻った。

「白居易《はくきょい》の『長恨歌《ちょうごんか》』をもとにした戯曲だよ。この国では演劇がさかんでね。今のは、劇団の試作演目なんだ」

天雲が微笑んだので、瑠璃は我に返った。

「そのふたりは、どうなるのですか？」

「これは皇帝と妃《きさき》の別れの場面だよ。ふたりは心から愛しあっていたのだけど、情勢がそれを許さなくなってね。悲しい別れを経験するんだよ」

天雲が藍暁を放した。

「藍暁、いつまで怒ってるんだ。頭領がいなくなっても、私たちには身についた芸がある。どこでも、役者としてやっていけるよ」

藍暁が天雲から顔をそむけた。天雲には自信があるようだが、藍暁は不安のようだ。

「劇団を離れるのですか？」

「まだわからないよ。それより、君の国に愛の言葉はあるかい？　あるなら聞かせておくれよ」

とつぜん話が変わったので、瑠瑠はきょとんとした。

断る事情はなかった。素晴らしい演技を見せてくれたのだから、お礼をしたい。

「はい、あります」

瑠瑠は父がよく言っていた言葉を思いうかべた。

「あなたを愛する人を許して、あなたを許す人を愛して」

「どういう意味なんだい？」

「なにか失敗をしたなら、そこに愛があるのなら隠さず相手に正直に話すことが大切だという意味です。あなたが誠実に謝罪すれば、あなたの友人は許してくれるでしょう。その友人だって、いつかは失敗することもあるかもしれませんから。相手を愛して、失敗をしたら正直に話せば無事だ、と」

「それが愛だと？」

「愛でなければ、なんでしょう」

瑠瑠が微笑むと、天雲が「そうだね」と答えた。

藍暁は難しい顔をしている。言葉が気にいらなかったかもしれない。

だが、瑠瑠にとっては間違いなく愛の言葉だ。

そっと瞼を閉じて、胸に手をあて、父の名を心の中で呼ぶ。

幼い頃から、父はめったなことでは怒らなかった。それでも、怒られるのを恐れて隠し事をしたときは、瑠瑠に言葉をかけて諭してくれた。

支えにしている言葉だ。

3

正午、瑠瑠は趙家の院子で、椅子に腰掛ける月華の前に座していた。

「それで?」

「その後、役所にむかい、頭領の死体を見てきました」

役所では趙家の遣いといっても難しい顔をされた。だが、賄賂を渡したら見られた。

この国の公吏（役人）は腐っているのだろうか。瑠瑠は眉をよせた。

「どんな様子だった?」

月華の言葉に顔をあげる。

これまで、遺体など見た経験がない。見たとしても、葬儀で大事に棺《ひつぎ》に納められている姿だ。それが、どうだ、頭領は茣蓙《ござ》に巻かれて役所の遺体安置室の台に乗せられていた。公吏が茣蓙を剝《む》くと、裸の中年男性があらわれた。

男性の裸に瑠瑠は悲鳴をあげた。あまりにも慎みのない格好に、恥ずかしくて、吐き気さえ覚えた。そっぽをむくと、瑠瑠の態度を公吏が楽しそうに見ていた。瑠瑠が驚き、嫌がるとわかっていたのだろう。瑠瑠は公吏を睨《にら》みかけた。

けれど、拒絶したところで、公吏の機嫌を損ねて追いだされてはかなわない。泣きたかったが、勇気をふり絞って遺体を眺めた。

「頭領は年齢五十代、太った長身の男です。首には、絞められた手の跡がありました。発見当時、表情は苦悶《くもん》という様子で、泡を吹いていたそうです。検屍《けんし》の結果、昨夜の戌時《じゅつじ》（午後七時から九時）頃に亡くなっています。それは、天雲が犯人と戦った時刻でもあります」

「死斑は何色だった？」

「鮮やかな粉紅色《ピンクいろ》でした」

瑠瑠は少し早口で言った。

「嬉しそうだな。私のお遣いは楽しいか？」

「そういう……わけでは……」

「おまえは撒馬爾罕から、天山北路を通って、北京まで来た。北京の回族にも、そんな娘はめったにいない。珍しい娘、いや、猫だ。おまえがなにを見て、なにを考えるのか、それを知るのは私にとっても愉悦だよ」

楽しげな月華に、瑠瑠は顔をしかめた。月華にとって自分は、珍しくて毛色のちがった外猫なのだ。けれど、彼女が知っているかはわからないが、回教にとって猫は愛される存在だ。

月華が裾をあげて、足を組む。ちりんと鈴の音色がした。小さく尖《とが》った靴がちらりと見えた。どうやら踵に鈴がついている。

やはり痛々しい。瑠瑠の足の半分くらいしかない大きさだ。あれほど小さくするためには、なにか施術が行われたにちがいない。

どうして、こんなひどいまねを！

月華はお嬢様だ。家からでる必要がないほど、恵まれている。だが、逆に、家から逃れられないように、足を縛られているとも考えられた。

「それでは、……月華様が家猫ですか？」

月華が瑠瑠を鼻で笑った。

「愚かな。家猫は小愛《しょうあい》だよ。我が父の猫だ。私は、主人の娘だな」

月華が顎を上げて、視線を背後にむけた。そこには、小愛と呼ばれた長身の婦人が立っている。表情は読めない。何を考えているのか、推察もできない。小愛は黒髪をまとめ、簡素な旗袍を着ている。歳《とし》は二十代前半だろうか。武人のように背筋を伸ばし、力強く地を踏みしめ、凛として月華の側にいた。小愛は、きっと月華の付き人だ。

小愛は家猫のあつかいをうけて、どう感じているのだろう。月華の様子を見ていると、この国では、猫が貴重な存在であるとは思えない。あいかわらず猫と呼ばれるのは、瑠瑠は嫌だ。

「月華お嬢様、私は……」

「ああ、おまえにはわからなくていい。それより、死体の顔は膨らんでいなかったか？」

「いえ。元から太っていらしたようですから、よくわかりませんが、ないと思います」

「目や顔面の皮膚に、赤く丸い小さな血の跡がでていなかったか？」

「ありませんでした」

瑠瑠が明言すると、月華がなるほどと顎に手をあてた。優美な動作だ。

「さて、気になる点は三つだ。頭領の死亡の因、客人、割れた茶器一式」

なぜそれらが気になるのかは、瑠瑠には一切わからない。

「当主の死亡の因だが、絞殺ではないな。毒殺だ」

「えっ？　なぜですか？」

思わず身をのりだした。

「死体の状態が絞殺されたように思えない。泡を吹いた点、鮮やかな死斑の粉紅色は、青酸鉀《こう》（青酸カリ）を飲まされた時に似ている。明日、李石に死体を再検屍せよと言え」

毒の知識もあるのか。

情報を得て推察していく姿は、まるで奇術を見ているようだ。

「そして、次だ。おまえは客人である画家、典照には会わなかったのか？」

「はい。……調べたほうがよかったですか？」

「いい。こちらで調べさせる」

どこか呆れたように言われたが、命令にはちゃんと応えたはずだ。まだ足りないのか。

月華には、満足に働けたと思われたい。ただのめずらしくて毛色の変わった外猫だなんて思わせていたくない。侮られて終わるのはくやしいし、小父の力になりたい。

「怪しいところがありますか？」

「今はすべての人間が怪しい」

その答えは理解できた。だが、すべての人間を捜査することは、瑠瑠だけではできない。

「たくさんの人を、李石様たちが捜査していますよ」

「公吏は盲目の老人と同じだよ。では、小愛！　役所に誰かをむかわせて、茶器一式の破片をすべて持ってくるように」

月華が小愛に命じて、足を組み替えた。鈴の音色が響く。瑠瑠の意識は、誘われるようにして、再び月華の足に引きよせられた。

「私の足が気になるか？」

「……そうですね」

「そう、纏足は人を惹《ひ》きつけるのだ」

「いいえ！　惹きつけられているのではありません。あまりに……あまりに……」

「哀れ、か？　だが、私からすればおまえのほうが哀れだ。そのような大足で、これから北京で暮らしていくのは難事だぞ。人に嘲笑される。嫁にもいけない。だが、足こそ小さく美しければ、誰もが跪拝《きはい》する。纏足は、輝かしい未来だよ。生涯、飲食にも、衣装にも困窮しない」

「でも、痛いのでしょう？」

「初めだけだ。手にするものが多いほうを選ぶまでだ」

「ですが……」

「いずれ、痛いほどわかる時が来る」

月華がふっと笑った。年齢に見合わない大人びた表情に、瑠瑠は目を奪われた。

こんな顔をするなんて、年下に見えるのに、年上のような人だ。

「でも、私はやっぱり、纏足なんて、する気にはなれません」

「おまえの年齢では、もう遅いよ」

月華が足を持ちあげて、また踏んでこようとしたので、瑠瑠はさっとよけた。

一通りからかわれた後、月華が侍女を呼んだ。

「喉が渇いた」

その一言だけで、侍女はすぐに盆に浅藍色《うすあいいろ》の茶器と杯を載せて運んできた。

瑠瑠はただよう匂いに、思わず月華を見上げる。

「おまえも飲め」

侍女が茶杯を瑠瑠にも渡す。瑠瑠は自分の知る中国茶とはかけはなれているので、思わず顔をしかめた。

これを飲めと言うのか。意地悪な人だ。

「それは漢方茶だ。不味《まず》いし、匂いがきついのはわかっている」

瑠瑠を侮るような顔はしていない。瑠瑠は口で息をしながら、杯に口づけた。

ひとくち飲んで、月華を恨んだ。

「まさか本当に飲むとはな。毒がはいっていたらどうするんだ」

瑠瑠は耳を疑った。

「はいっているのですか？」

「冗談だよ」

月華はすました顔をしていた。瑠璃はなにか言ってやりたかったが、うまい返しが思いつかなかった。

瑠璃は茶杯を摑《つか》み、侍女にずいっと返した。それから、恨めしい気持ちで月華を見あげた。

月華は瑠璃の視線など気にもとめずに、茶杯に口をよせるとそっと傾けた。

どうして月華は平然と飲めるのか。

月華は茶杯をおろすと息を長く吐き、再び口をよせた。その表情に苦痛は見えない。

動きはすべて美しく、絵になる。瑠璃はしばらく、月華を見つめていた。

茶を飲み終わった月華は書物を読みはじめた。瑠璃はなにも言わず、なにもしないで、ただ月華の前に侍っていた。頁《ページ》をめくる音がときおり聞こえる。

「月華様、お持ちしました」

三刻（約四十五分）ほど経《た》った頃、小愛がお盆に、磁器の破片を載せて運んできた。

瑠璃ははっとして、小愛を見上げた。

「それはもしや！」

瑠璃が小愛に問いかけると、

「証拠品だ」

と月華が言った。

よく借りだせたものだ。賄賂で融通をきかせたのだろうか。苦々しい記憶が蘇ってくる。公吏は、どこの国に行っても不正ばかりだ。

小愛が月華の後ろにひかえると、月華が美しい微笑をうかべた。

「それでは、瑠瑠。繋《つな》ぎあわせよ」

瑠瑠は、きょとんとした。

「私が、破片を、すべてですか？」

「おまえの他に誰がおる。房室を用意する。仕事を始めよ！」

月華に命じられて、瑠瑠は困惑しながら拝礼をした。

瑠瑠は、お盆を手にした小愛につれられて、趙家の母屋にはいった。

母屋は入口を中心として、左右同一に作られていた。右手に曲がって、客房に通される。大きな花瓶に大量の花が活《い》けられていた。壁には水墨画がかけられている。

絨毯のうえに黒檀《こくたん》の卓と椅子が四脚そなえてあった。その卓には、羊肉の卵炒《たまごいた》めと、青菜、漬物と小豆粥《あずきがゆ》が用意されていた。

小愛は食事の隣に、茶器一式の破片が載った盆を置いた。破片は、小指の爪ほどの破片ばかりだ。

小愛は、瑠瑠の肩にぽんと手を置いて、出ていった。

盆のうえには、溶かした粘土がはいった器があった。これを糊《のり》として破片を組み合わせろというのだろう。

仕事だと言われた。小父にも頼まれている。ならば、やるしかない。

途方もない山に登るような気分だが、冒険なら瑠瑠はやってきた。撒馬爾罕から、天山北路を通って、北京まで来た。その過酷な旅程を思い返す。

五百頭近い駱駝《らくだ》と騾馬《らば》を率いる隊商に混ざり、瑠瑠は生まれて初めて故郷を離れた。雪が降り積もる大地を、凍えながら踏みしめた。春にさしかかると、昼と夜との激しい気温の差に苦しんだ。次第に夏となり、延々と続く砂漠の刺すような陽射《ひざ》しをあびた。じりじりと肌が焼けつき、喉が渇いて、水のことしか考えられなくなった。

一寸先《ちょっと》も見えなくなる砂嵐、泥棒や窃盗の攻撃に怯《おび》えながら、瑠瑠は二百五十日かけて、やっとの思いで小父の家にたどりついた。

自分が経てきた道のりをふりかえれば、清潔な房室で誰からも襲われることなく、安全に作業ができるのだから、これくらいはのりこえられる。

瑠瑠は昼食を急いで食べると、雑念を捨てて、とにかく仕事にとりかかった。

けれど、役目にとりかかってから、申時《しんじ》（午後三時から五時）の中頃になると、瑠瑠はたえがたい苦痛におそわれた。

ただ落下しただけで、こんなに細かく壊れるだろうか。それに、破片がなかなか組み合わない。

昨夜、頭領の房室には三人の人物がいた。頭領と、天雲と、画家である客人だ。だから、茶器ひとつと、茶杯が三つできるはずだ。けれど、どうしても破片が不足している。

気の遠くなるような役目だ。

瑠瑠は自分の身上を嘆いた。嘆いてもしかたがないと思いなおすが、すぐにまた嫌になった。

「ああ、でも、右肩の天使は、善行をつんでいると思ってくださるわ」

瑠瑠は自分に言い聞かせて、さらに三刻を費やした。

完成した花柄の茶器一式を目の前にして、瑠瑠は困惑した。

「……これしかない」

三人いたはずなのに、茶杯が二個しかできない。破片が足りなくて当然だ。

瑠瑠は腕を組んで、頭領の家の方角を見た。

4

阿伊莎は今も礼拝の間で嘆いていた。瑠瑠はそっと近づいて、「ただいま」と告げた。

返事はなかった。

無言で責められている気がする。だが、責められてもしかたがない。責めは受けなければならない。阿伊莎にもう嘆くなとは言えない。

けれど、阿伊莎の泣き声を聞いているのが辛《つら》かった。

瑠瑠は礼拝の間をでた。夕日が家を照らしていた。夏は日が長く、夜の訪れにはまだ時がかかりそうだ。

もう充分、瑠瑠は疲れていた。目がまわるような、一日だった。

瑠瑠は己をねぎらいながら、自身の房室にむかった。小さいけれど、可愛《かわい》らしい自分だけの房室だ。赤色の縁取りを基調に浅緑《センリョクソウ》草色と蠟黄《ロウオウ》色を使った絨毯が敷きつめられ、正面奥に天蓋つきの臥床《がしょう》（ベッド）が置かれ、左右には衣装や荷物をいれる長方形の箱がある。木製の円卓と椅子が二脚あり、玻璃《ガラス》の花瓶に薔薇が活けられていた。

瑠瑠は床に小ぶりの絨毯を敷き、その上に座った。天使との親密な時間が始まる。瑠瑠は厳かに礼拝をした。

「心配したよ」

房室の扉を叩いて、十六歳の兄である亦不喇金《イブラヒム》・哈爾《ハル》があらわれた。

刺繡のほどこされた四角い帽子を被り、柄のない長衣に、ゆったりとした袴をはいている。短い黒髪、父に似た優しい眉毛、母に似た輝く瞳と、形の良い鼻と唇もあいまって、昔から絵になる人だ。

哈爾は、小父のもとで後継ぎになるよう学んでいる。

その彼が、腕を組んで、目を鋭くしていた。様相の険しさは、瑠瑠を思ってのことだ。

だから怖くはなかった。

「哈爾、瑠瑠、食事にしよう」

小父がやってきて、声をかけてくれた。

「お母様を呼んで来るわ」

瑠瑠は再び礼拝の間にもどって、阿伊莎の側によりそった。

「ご飯を食べよう？」

阿伊莎の反応はないが、手を引いて食事の間にむかった。

食卓にはすでに料理が用意されていた。故郷の手抓飯《プロフ》と大餃子《マンティ》だ。手抓飯は米に鶏肉、人参《にんじん》、玉葱《たまねぎ》を加えて炒めたものだ。塩と香辛料で味つけする。大餃子は小麦粉を練って作った生地に、羊肉をつめ、茹《ゆ》でて作る。

この三日、小父が気を遣ってくれて、故郷の料理を用意してくれている。

「月華様はどういう女性なの？」

あらためて小父に問いかけた。でかける前は教えてくれなかったけれど、今度は「答えてくれなきゃだめだから」と見つめる。

「すまない。月華様に口止めされていたんだよ。なにも知らないままよこせとね。そのほうが新鮮な反応が見られて楽しいからと言って。あのかたはひどく退屈されておられるのだ」

お嬢様ですものね。外に関心がおありのようだけど、良家のお嬢様であれば、自由な外出は許されない。

それは、瑠瑠の故国でも同じだった。

「それほどまでに、小父様が言うことを聞く必要があるの？」

「名門趙家は上客様であり、当主は歩軍統領《ほぐんとうりょう》で、強い権力をお持ちだ。異邦人は簡単に国外退去になるので、そうされないためにも親密でいなければならない。趙家のご機嫌をとっておく必要があるんだ」

「わかりました。……ねぇ、小父様。この国では、誰が女の子の足を小さくするの？」

「纏足かい？　たいていは母親だね」

瑠瑠は息を呑んだ。

「どうしてこの国の母親は、我が子を歩かせなくするの！」

「気になるのかい？」

少したしなめるような瞳だ。

瑠瑠はごくりと喉を鳴らして、小父を見上げた。

「はい。だって、あまりにも……奇妙だったから」

下世話な好奇心から聞いているわけではない。この国で生きていくならば、知らなくてはならない文化のはずだ。

瑠瑠の意思を感じとったのか、小父が優しい笑みをうかべた。まるで、おまえは大丈夫、関係ないからと落ち着かせるような表情だ。

「彼らにとっての決まり事だよ」

「どうして……いったい誰がそれを決めたの？」

「どうして、か。わからないな。彼らは、私たちとは違うから」

「瑠瑠は纏足の国に生まれなくて、よかったね」

哈爾の言葉に、瑠瑠は迷わず頷いた。

纏足は未来だと月華は言っていた。小さくて形のよい足であれば、恵まれた人生が送れると。けれど、満足に歩けもしないで、家の中に囚《とら》われて、幸せなのだろうか。

「纏足がそんなにいいものとは思えない。小父様も、そうなのよね？」

「そうだね。どうして健康な足を愛さないのかと思うよ」

小父の言葉に、ほっとした。

阿伊莎の顔を見る。意見を聞きたかった。けれど、虚《うつ》ろな顔をして、黙々と食事を進めている。

瑠瑠は、問えなかった。自分のせいで傷ついている母の心を、これ以上かきみだしたくない。真っ赤に裂けた傷口に、指をいれて割り開くような真似《まね》はできない。

瑠瑠は母にむかって、届かないとわかっている微笑みをむけてから、再び匙《さじ》を握った。

もしも北京に生まれていたら、お母様は私を纏足にしたかしら。

5

翌日、朝食を終えると、瑠瑠は義六の馬車で頭領の家にむかった。李石の部下が増えており、彼らはざわついていた。

なにかあったのだろうか。犯人が拘束されたわけではなさそうだが。

母屋の二階にむかった。部下たちに囲まれて、李石がいた。瑠瑠は駆けよった。

「おはようございます。お話ししたい疑義があります」

李石が煩《うるさ》そうな顔を見せた。だが、すぐに微笑んだ。

「月華様がなにか言っていたか？」

「割れた茶器一式を組み合わせたところ、茶杯がひとつ足りないことがわかりました。茶器ひとつに茶杯が三つあるはずですが、ふたつしかなかったのです。ひとつはどこに消失したのでしょう？」

「茶杯だと？　本当か」

「間違いありません」

「わかった。留意しておく。それよりも今は、忙しい」

「あとひとつ、月華お嬢様は、死亡の因が毒ではないかとお疑いです」

「……冗談はよせ」

「屍骸《しがい》の斑点の色が気になるようで」

「それは調査させよう」

李石が近くの部下に「役所まで行って、屍骸の再検屍をするように」と命じた。

どんな答えが出るのだろう。月華は本当に正しいのだろうか。

「それで、李石様。今日はなにかあったのですか？」

「嫌疑人のやつが、犯罪が行われた時に現場にはいなかったという証明がとれたんだ。

天雲は誰を見たんだろうな？　化粧をしていた劇団員であった可能性さえでてきた。これからは、この家の中も調べる。今から捜査再開だ。家族、使用人、劇団員と建物すべてをあらわにする！」

「私もお手伝いいたします」

「やめろ。よけいなことはするな」

「人手は多いほうがよいのではありませんか？」

瑠璃の言葉に、李石が眉間に深い皺《しわ》をよせた。

「それじゃあ、夏露《かろ》についていけ。昨日、会っているはずだ。夏露！」

「はい、李石様。お呼びでしょうか」

二十代半ばの青年が、李石の前にやってきた。辮髪をして、綿の長衫を着ている。細身だがけっして弱い印象はなく、まわりの男たちより身長が少し高い。険しい李石の前でも怯えるところはなく、声は落ち着いていて、柔和な微笑みをうかべていた。

「おまえの調査に小姑娘をつれていけ」

「わかりました。おいで、瑠璃お嬢さん」

名を覚えていてくれた。瑠璃を軽んじていないとわかって嬉しい。そういう人と仕事をこなせるのは頼もしい。

だが、瑠璃の期待は早々に失墜した。夏露の仕事が雑なのだ。夏露はその麾下《きか》に、六人の青年をひきいていた。同居の団員がいる棟で部下たちは団員を押しのけて調べるが、談笑しながら適当にやっている。

たまりかねて瑠璃は手をだした。

「そんなことしなくていいんだ、見ておいでよ」

「いえ、手伝わせてください！」

夏露は優しい男のようだが、怠惰で責任を放棄しているだけだ。自分がしっかりしなくてはと、房室の気になるところをかたっぱしから調べていった。戸棚の抽斗《ひきだし》はもちろん、あらゆる箱、臥床の下、寝具のあいだ、床下や壁に隠し扉がないかまでたしかめた。

劇団員はほとんど私物をもっていなかった。数枚の襦裙と長衫、筆記具といった身のまわりの品のみだ。

皆の持ち物が少ないのは、劇団が倹約をしているからか。それとも、頭領から命じられているのだろうか。

臥床の下には埃《ほこり》がなかった。使用人が隅まで手をいれているのだろう。ひからびた鼠《ねずみ》なんかがいたらどうしようかと思っていたので、それは助かった。

一階部分を見終えて、二階の階段にあがろうとしたとき、夏露に部下のひとりが駆けよった。

夏露が「え！」と声をあげ、すぐに瑠瑠を呼んだ。

「頭領の死亡の因がわかった。毒殺だそうだ！」

瑠瑠は目を見開いた。月華の推理は正しかった。月華の聡明《そうめい》さに舌を巻いた。

私も、何か結果を出さなくては。

瑠瑠は二階にあがり、並ぶ房室に、ひと部屋ずつ入った。それぞれの房室で、ていねいに探索をした。左から二番目の房室に入り、臥床の下に手をいれた。白い布に包まれた何かが置かれていた。

なんだろうと手にとって、布包みを開けた。中には、赤い花柄の茶杯がひとつあった。

「どうした？　なにかあったか？」

夏露が問いかけてくる。

「これ！　この茶杯！　頭領の房室で割られていた茶器一式と同じ柄です。どうしてここに……この房室の持ち主は誰ですか！」

「藍暁の房室だ。李石様にご報告しよう」

瑠瑠は茶杯を布に包みなおし、夏露と同行して母屋の二階に戻った。

李石に茶杯を渡す。

「茶に毒を混ぜて飲ませたのか？　調べさせる。……藍暁をすぐに逮捕しろ！」

まもなく、藍暁が縄で縛られて、李石の部下に追いたてられながら、あらわれた。表情は暗い。

本当に犯人なのだろうか。

瑠瑠はじっと藍暁を観察した。

「なぜ茶杯を隠していた？　それとも、身に覚えがないと主張するかね？　誰かが隠していったのだと」

「俺がやりました。小さい頃から稽古と称して殴られたり蹴られたり、ひどいことを言われ続けてきました。役者として名が通るようになっても、財産の管理は頭領がしていた。劇団から独立したかったけど、拒否されていたんです。自由がほしかった」

場がざわついた。藍暁の言葉は、頭領には大事にされていた、とはまるで違った。

「事件は解決だな。つれていけ！」

李石が部下に命じた。

納得できない。

瑠瑠は大人たちの前に出た。聞くなら、今しかない。

「申し訳ありません。ひとつ質問をさせてください。藍暁さんは、毒をどこで手にいれたのですか？」

藍暁がぴくりと片眉をあげた。

「……辻《つじ》売りから買った」

「でも、それなら、似たような事件がこの街で大量に発生しているはず」

藍暁は答えない。

李石が驚いた顔をして、それから忌々《いまいま》しそうに瑠瑠を見た。

「藍暁は宴席で高官や名門の子息と会っているのだ。毒をもらったのだろう」

「本当ですか？　いったい、どなたから」

「いや、誰からももらってはいない。辻売りから買ったんだ」

藍暁の断言に、瑠璃は納得できなかった。誰かをかばっているかのような意思が感じられた。

「証拠が見つかったんだ。こいつはつれてゆく！」

「そんな！」

昨日、藍暁は天雲と未来を語っていた。瑠璃には、犯人とは思えない。

警吏がいなくなった房室で立ちつくしていると、天雲に肩を叩かれた。

「もう、お帰り」

「天雲さん、私は……藍暁さんが犯人だとは思えないのです」

瑠璃の言葉に、天雲が優しい微笑みをうかべた。

「昨日の愛の言葉を覚えているよ。藍暁は……君の言葉で覚悟をしたのかもしれないね」

ぽろ、と天雲が落涙した。ぽろぽろと真珠の玉のようにあふれていく。袖でぬぐう天雲の側に瑠璃は留《とど》まり、これまでの流れをふりかえった。

殺したいほど憎んでいたとしても、毒薬の話が不自然だ。だが、人ひとりが死んでいる。このままでは藍暁は死刑だ。

「天雲さん、私、行かなくちゃなりません」

瑠璃は、天雲を慰めていたかった。

けれど、藍暁を救うためなら、行動しなくてはならない。

6

義六の馬車をおりて、門番にすばやく挨拶をする。門番はちらりと瑠瑠を見て、「早く行け」と通した。

院子にむかう。月華がひとり、椅子に腰掛けていた。

「遅い！」

「もうしわけありません！」

瑠瑠は月華の足元に、急いで座って拝礼をした。

「それで？」

「頭領は毒殺されていました。茶杯を、藍暁さんの房室で見つけました。……藍暁さんが殺人を告白して、逮捕されました。頭領は、残酷な人だったそうです」

「やはりか。欠片《かけら》はそろった。『つまびらきの写鏡』が教えてくれる」

「私はどうしたらいいでしょう？」

「こちらでは、画家の典照の身上を調べさせた。若く貧しかった頃、結婚していて、童子もいた。けれど、妻とは死別で、童子がどうなったか明らかになっていない。貧乏すぎて育てられなかったのだろうが、童子はどこに消えたのか。……私は、劇団に童子がいるのではないかと考えている」

「たしかに。三人で会っていたというから……。天雲さんが童子でしょうか」

「それについては直接、聞いたほうが早い。まもなくあらわれるはずだ。側にひかえて聞いておれ」

しばらくすると、小愛に案内されて四十代半ばの男がやってきた。辮髪に銀灰色の長衫を着ていた。瘦軀《そうく》で、すらりとした体形だ。形の良い眉毛をしており、優しそうな瞳と微笑みをうかべる唇があった。

「お招きに与《あずか》り光栄です。典照と申します。お嬢様は絵を始められたいとか？」

瑠瑠は思わず月華を見た。月華はつんとして、足を組んだ。

「その前に貴殿にお聞きしたいことがある」

「私でお答えできることであれば、なんでも」

「天雲という男に聞き覚えは？」

月華の言葉に、典照は表情ひとつ変えない。まだ、なにを探られているか気がついていないのだ。瑠瑠は呼吸を忘れて見守った。

「あります。天雲は、北京で有名な女形ですよね」

「どういった関係だ」

典照がわずかに顔をしかめたのを、瑠瑠は見逃さなかった。

「関係……、劇団の絵を描くことになり、頭領と談議をしました。天雲は、その際に接待してくれた青年ですよ」

「頭領が亡くなったのは知っているな？」

「存じております」

「では、犯人が藍暁である点は、どうだ？」

典照の表情がぎょっと変わった。月華がふふと笑った。

「おまえの息子は、藍暁のほうか」

「藍暁が犯人とは、いったいどういうことでしょうか！」

典照が月華にせまる。瑠瑠はとっさに月華とのあいだに割ってはいった。乱暴をされたら、可憐な月華はすぐに殺されてしまう。

「いい子だ、瑠瑠」

まるで猫に言うようだが、気にしないでおく。人助けは、右肩の天使も喜んでくださるはずだ。

典照は瑠瑠の肩越しに、月華を睨みつけている。唇がぶるぶるとふるえている。

勇気をふりしぼって、拳をにぎった。襲ってくるようだったら、必ず戦う。人とまともに戦った経験はないが、弱い人を守るためなら、なすべきことをする。

瑠璃は月華の前に立ったまま、典照をじっと凝視した。

「ああっ、藍暁が犯人などありえません！　なんてことだ！」

典照が顔をかきむしった。あまりの変貌ぶりに、瑠璃は月華をふりかえった。

「それは、そなたが犯人だからだな」

きっぱりとした月華の物言いに、典照が膝から崩れ落ちた。

「あの頭領は獣のような男でした。劇団の童子たちは性交易《ばいしゅん》をさせられております。藍暁も天雲も。かねてから噂を聞いていた私はその事実を目の当《ま》たりにして、……この男を殺さねばならぬと思いました。捕まるなら、私です。なぜ公吏があらわれないのかと疑問に感じておりました」

瑠璃は思わず手で口を押さえた。昨日、天雲が、頭領によく撫でられたと語っていたが、それは良い思い出ではなかったのか。

「藍暁、天雲のふたりが、互いを守ろうとしたためだ。捜査を攪乱《かくらん》したのさ。天雲の見送りでそなたが退出したあと、毒のはいった茶杯を持って死んでいた頭領を、藍暁が発見する。天雲がやったと思ったのだろう。首を絞めて、茶杯だけを持ち、自分の房室に隠した。次に天雲が戻って来て、藍暁が殺したと思った。物取りの仕業に見せかけて、房室の物を壊して証拠を隠蔽した」

月華の推察が、瑠璃には納得できた。ふたりが、互いを大事に思うあまり、守ろうとしてやったのだ。ふたりの絆《きずな》は、それほどまでに強かった。

「毒はどこで入手したのですか？」

藍暁に問いかけた質問を、典照にもする。

典照は顔をあげた。

「貧しかった頃、私は鍍金《ときん》工場で働いていました。殺人を決意した時に、かつての工場に侵入して、薬を盗んできました。薬の管理が雑だと知っていましたから」

迷うことなく述べた答えに、嘘偽《うそいつわ》りはないと思えた。

「これから、どうされるのですか？」

瑠瑠は月華をかばいながら、典照に問いかけた。瑠瑠と月華の口を塞げば、典照は捕まらないはずだ。瑠瑠は緊張しながら、典照がどう動くか待った。

「私は自首します。藍暁を救わなくては。藍暁は、悪いことなどしていない」

典照は綺麗《きれい》な拝礼を作ると踵《きびす》を返して、颯爽《さっそう》と去っていった。

7

七月二日、陽射しは刺すように鋭く、体を包む風はぬるい。これからさらに暑くなってゆくのだろう。

「それでは見届けてまいります」

瑠瑠が呼びかけると、月華は椅子に腰掛けたまま、軽く手をあげた。

瑠瑠は立ちあがり、院子を後にしようとした。だが、足が動かず、瑠瑠は瞼を強く閉じてから、月華の名を呼んだ。

「本当に、行かなくてよいのですか？　事件を解決したのはお嬢様なのに！」

回答は、ない。

瑠瑠は唇をきゅっとむすんだ。月華は思うままに外を歩けない。足が不自由であるだけでなく、身分のあるお嬢様だからだ。それを今日は哀れだと思った。

義六の馬車で、街の広場にむかう。六日前に起きた殺人事件は、月華のおかげで早期解決に至った。真犯人は自首をして、捕らえられた。

街の広場は、今日は処刑場になっていた。広場の奥に柵が作られ、そこに公吏たちがいる。

すでに人が集まっていて混雑していた。老いも若きも、男も女も、好奇に満ちた瞳で前に行こうとつめよせる。その中には、瑠瑠と同じ回族と思《おぼ》しき人たちもいる。だが、少数だ。広場の様子が、北京における回族の状況を現している。漢民族が、他民族を圧倒する。

これでは、よく見えない。

瑠璃は目をこらした。公吏たちの中に、李石がいた。これ幸いと、瑠璃は人混みをかきわけて、柵越しに李石に声をかけた。

「先日は、捜査に参加させてくださって、ありがとうございました！」

「小姑娘か、今日も月華様の遣いか？」

あいかわらず名前を覚えてくれないようだ。覚える価値もないと思われているのだろう。だが気にしない。瑠璃は拝礼をした。

「はい。月華お嬢様の目に、耳に、手足になって、すべてを見届けて来いとのご命令です」

「そうか。では、中にはいれ。近くで見せてやる」

「ありがとうございます！」

「捜査も、また何度でも来たらいい。月華様と小姑娘なら歓迎だ。月華様のお父上も、月華様のご機嫌がいいことを喜んで、私に褒美をくださったからな」

李石の指示で、柵の外にいた夏露がやってきて、人に道を開けるように命じた。

さきほどとはうって変わって、苦もなく柵の中にはいれた。瑠璃は思わず、苦笑いをうかべた。

「やぁ瑠璃、君も来たんだね」

天雲と藍暁がいた。ふたりそろって今日は長衫をまとっていた。瑠璃は挨拶の拝礼をしようとして、天雲が幅広の布の鉢巻をしていると気がついた。

天雲は頭領の家で、鬘《かつら》を被っていたのだ。

柵のむこうからふたりの名前を呼び、関心を得ようとする大声が聞こえた。思わずふりかえると、大勢の人がいて、怖い顔をして睨まれた。

天雲と藍暁は、衆望のある役者だ。あまりにも気さくに接してくれていたから、忘れていた。この混雑の大半は、天雲と藍暁がいるからに違いない。

「ありがとう。君のおかげで助けられた。なぁ、藍暁」

天雲は瑠瑠にむかって穏やかに微笑んでから、視線を藍暁に移した。藍暁が瑠瑠をじっと見る。その瞳は以前よりも輝いていた。本人に自覚はないかもしれないが、藍暁は、大きな枷《かせ》から解放されたのだ。

「おふたりの助けとなったのは、趙家の月華お嬢様ですよ」

「それなら、君たちに感謝だ。けれど、まさか俺に親父《おやじ》がいるとは……」

藍暁は心苦しそうに背後を見やった。

「出会ってすぐに、別れが来るとはね」

天雲の言葉に、藍暁が頷く。

藍暁は、きっと、とても悲しいだろう。

瑠瑠の視線に気づいたのか、藍暁が複雑な顔をした。

「俺はさ、物心ついた頃には、すでに劇団にいたんだ。嬰児の頃に捨てられたと、まわりから聞いた。厳しい稽古の中で、誰か助けてくれないかと、考えなかったわけではない。たしかに、実の親をもとめた」

藍暁は天雲を見上げてから、典照のほうに、むきなおった。

「天雲に出会ってから、俺は変わった。天雲は……」

「話していいよ」

天雲がうながすと、藍暁は一度頷いてから、唇をひらいた。

「天雲は、実の親に売られて来た。弱そうにみえて、その実、天雲は強いんだ。いろいろあったが、ふたりでなら何事にも耐えられる、いつか羽ばたけると、そう信じられるようになった」

刑場の中心で、典照が後ろ手に縛られ、地に膝をつけている。

月華から聞くには、報告書には、典照は画業で身を立てられるようになってから、我が子を探すようになった、と書かれているそうだ。

先月、絵を教えている貴族の子弟が、典照を宴《うたげ》に招待した。その中で、劇団の評判と黒い噂を知った。気になって、観劇をしにゆくと、妻の面影のある藍暁を見た。花役者である藍暁は生き生きとしていた。典照は、藍暁が幸せなら過去を持ちこまぬほうがいい、と未練を断ち切ろうとしたが、噂が気になり、頭領のもとにむかった。

そこで、暴力を知った――報告書は、そこで終わっている。

「典照さんは、公吏に何も告発しなかったそうですね」

瑠瑠は小さく言った。誰にも聞かれなくても、それでよかった。

報告書には記されていない続きがある。

典照は、劇団の童子たちが、性交易までさせられている事実を目の当たりにした。天雲が気に入らぬなら、他を選んでかまわない、と頭領に言われ、すべてを悟った典照は、頭領の殺害を心に決めたそうだ。

天雲が瑠瑠のほうを見て目を細め、優しい笑みをうかべた。

「正直、助かったよ」

「そう、です、よね」

「君は、真実はすべて明らかにされるべきだと思うかい？」

「私は……」

「頭領は死んだ。私たちの未来に、暗い影は必要ない」

きっぱりと言いきる天雲の姿は凛としていた。

「おふたりが、そう望まれるのであれば、私はそれが最良だと思います」

「納得してない感じだね」

「だって、だって、あまりにも……」

「怒ってくれるのは、嬉しいよ」

天雲が視線を典照にむけた。

公吏が罪状を読みあげ始めた。典照は俯《うつむ》いてそれを聞いている。

悪業をしたと悔いているのか。それとも、善行をしたと誇っているのか、どちらなのだろう。

「なぜ殺したのか！　答えよ、典照！」

公吏の尋問に、典照が顔をあげた。意志の強い瞳をしていた。

典照はまっすぐに藍暁を見た。天雲とならぶ姿を見て柔らかい瞳になった。嬉しくてたまらないといった顔だ。それから表情をひきしめて、天を見上げ、叫んだ。

「我が子への愛だ！　後悔などしておらぬ！」

処刑人が典照の首を刎《は》ねた。瑠璃は見ていられなくて、顔をそむけた。

それからすぐに、己の失敗に気づいた。

月華お嬢様に、すべてを見届けてくるように言われていた。これでは、どのような最後だったか、完璧には話せない。

情けなさに苛《さいな》まれながら、処刑された典照を見た。雑役によって、頭と胴体が持ち運ばれていく。

天雲と藍暁がそろって頭を下げている。藍暁は顔を袖で拭っており、天雲はそんな藍暁の肩を抱いていた。

「親の愛、か」

瑠瑠は帰路についた。義六の馬車に乗って、故郷の香りがする街へ戻る。

阿伊莎は今日も礼拝の間で嘆いていた。

「ねぇ、お母様。私は結婚したほうが良かったかしら？」

阿伊莎が、がばりと起きあがった。

「いいえ、まさか、そんなことないわ！」

阿伊莎が泣き腫らした顔で、瑠瑠に手を伸ばした。瑠瑠は阿伊莎の手をとって、頬にあてる。

「お父様は、私が望まぬ結婚をことわってくれた。あいつは侮辱されたと怒ってお父様を殺してしまった。私ね、これまで、お父様が死んだのは、私のせいだとずっと思っていたの」

撒馬爾罕の高官に、どこで見初められたかはわからない。『砂の場所』という言葉を冠した美しくも巨大な広場で、父の仕事を見ているときにでもすれちがったのか。

瑠瑠はとつぜん、見知らぬ男に求婚された。瑠瑠は十四歳で、まだ誰のものにもなりたくなかった。父のもとで語学を学び、女友達と心から語らい、神学校に通う兄の猛勉強を眺めて、彼に珈琲《コーヒー》をさしいれる。

そんな日常から、まだ引き離されたくなかった。

父は瑠瑠の心を悟ってか、高官に断りに行くと言った。そうして、でかけて、死体で帰ってきた。

「あなたのせいじゃないわ」

阿伊莎の頬に、滴が伝う。瑠瑠をひたと見つめる。

父の死後も、瑠瑠たち一家は撒馬爾罕の高官に目をつけられた。求婚を断るのは相手の面子《めんつ》をつぶすことだ。そのため瑠瑠たちは、一族の長《おさ》である祖父を頼った。もとより、首都は布哈拉《ブハラ》に移り、撒馬爾罕の経済には陰りが落ちていた。

祖父は撒馬爾罕から撤退するときめた。けれど、高官の魔手は布哈拉まで届きかねないと判じた。

「私のために、お母様とお兄様は天山北路を通って北京まで逃れることになったわ」

ぜんぶ、私のせい。お父様が死んだのも、お母様とお兄様がすべてを捨て去り、北京で暮らすことになったのも。私は、みんなの人生を大きく変えてしまった。

「いいのよ。いいの……だって、あなたのお父様は」

阿伊莎が最後まで言う前に、瑠瑠は声を重ねた。

「お父様は、私をすごく愛してくれていた。だから、私のためを思って行動したの」

父は命を懸けて、瑠瑠に自由をくれた。家族は、あふれんばかりに瑠瑠を愛していた。

瑠璃の胸は暖かくなり、涙があふれてきた。
明日からはこの纏足の国で、愛を抱《いだ》き、前をむいて、誇りをもって歩もう。

第二話

1

康熙《こうき》七（一六六八）年七月二十二日、打ち鳴らされる太鼓の音が次第に間隔をせばめ、銅鑼《どら》が鳴り響いた。

長衫《ちょうさん》を纏《まと》った藍暁《らんぎょう》が、舞台の上で大きく飛びあがった。今まさに襲いかかろうとする刃《やいば》を、くるりと回って空中で華麗に避《よ》けた。そうして爪先から――まるで大鳥が音もなく大地に舞い降りるかのように――舞台に着地して、ぴたっと動きをとめて見得をきった。

「好《ハオ》！」のかけ声が連発されて、藍暁に賛辞が浴びせられる。

余韻に浸る瑠瑠《ルル》の耳に、笛の音が届いた。

囃子方《はやしかた》が曲調を変えると、舞台の右袖から女形《おんながた》の天雲《てんうん》が、薄絹を重ねた襦裙《じゅくん》を身に着けて、優美な動きであらわれた。

天雲は迷わず藍暁の傍らによりそうと、目尻を袖でおおった。泣いているのだ。それも、歓喜の涙を流している。

化粧をほどこした天雲は、そのじつ藍暁より背が高いのだが、絢爛豪華《けんらんごうか》な襦裙をまとう姿は可憐《かれん》で、そうは見えない。彼は、驚くべきことに纏足靴《てんそくぐつ》をはいていた。

衣装だけでなく、天雲の顔のかたむき、指の動き、それらたおやかな所作はどんな女性よりも女性らしい。この国の理想の女性を体現しているのだな、と恍惚《こうこつ》としながら瑠璃は舞台を見つめた。

天雲の唇から声高の歌が発せられる。

鍛えられた藍暁の激しさと、気品にあふれた天雲の華麗さから、一時も眼《め》が離せない。

舞台は余韻を残して終わり、瑠璃は温かな湯に浸《つ》かるような心地だった。

細い手に「終わったよ」と肩を叩《たた》かれて、瑠璃は慌てて立ちあがった。天雲と藍暁が立っていた。

「すごかったです！」

「瑠璃にそう言ってもらえると、俺たちも演じたかいがあった」

「これがお礼になればいいけどね」

舞台の前には卓と椅子の席がいくつか置いてあるが、座っているのは瑠璃だけだ。

「私だけなんて、贅沢《ぜいたく》な時間でした。本当にありがとうございます。私には、本来観《み》られないものなのに」

「この国は、女性が劇場にはいることを許していないからね。まったく、愚かなことだよ」

　どの国でも、独自の考え、法律がある。清国《しんこく》では、女性は劇場に入れない。女性がいると、女性を見に来る男性が増えるために、風紀が乱れるという理由らしかった。

　今回は、本番前日の通し稽古であり、天雲たちの伝手《つて》でこっそり入れてもらえた。

「明日からの本番、必ずうまくいきますね！」

「ありがとう。初日公演は、絶対に成功させねぇと」

「応援しております」

「それとね、自分たちの劇団にしかない演目を作りたくて、脚本を書いているところなんだ。それも、瑠瑠たちが驚くようなやつをね。完成したらまた見に来てくれるかい？」

「もちろんです。嬉《うれ》しいです」

　先の事件から、一ヶ月ほど経《た》っている。天雲と藍暁は一部の劇団員をひきつれて、新たな劇団をたちあげた。それは噂《うわさ》で聞いていた。

　五日前に、瑠瑠のもとに手紙が届き、『稽古を見てほしい』と書いてあった。ふたりはこれから成功するだろうかと心配しながら稽古を見に来たのだが、よけいなお世話だったとみえる。

瑠瑠は天雲と藍暁に別れを告げ、劇場を出た。

まだ体が熱い。感動した場面を思いかえしながら、義六《ぎろく》の馬車に乗りこんだ。

馬車は大通りを駆けた。街並みが流れていく。ちらほらと明かりが灯《とも》り始めている。

まもなく夜だ。太陽はかろうじて姿を見せているが、すでに銀色の月が東の空にうかんでいる。

瑠瑠はそっと瞼《まぶた》を閉じる。

北京《ペキン》に来て三日目に眺めた風景は、故郷とあまりにも違っていた。変化は瑠瑠を心細くさせたけれど、今ではずいぶん慣れた。

それに、瞼を閉じれば、いつだって故郷を思い出せる。

撒馬爾罕《サマルカンド》のつきぬけるような青空と光の煌《きら》めき、乾いた風と香辛料の匂い、日干し煉《れん》瓦《が》で作った家々、神学校や聖廟《せいびょう》には、無限に続く幾何学文様と植物文様などが浮彫りされていた。行き交う人々の格好も清国とは異なっていた。明るく染められた長衣を着て、下には袴《はかま》（ズボン）をはく。背丈は清国の人々より高い。男性は帽子を被《かぶ》り、女性は布で頭髪を覆う。瑠瑠は今でも、髪を絹布で軽く隠している。

いつか、帰れる日が来るだろうか。

思いにふけっていた時、男性の叫びが大通りに響いた。まわりの人が騒ぎはじめる。

「髪を切られた！」

男性がさらに悲痛な声をあげた。

「黄昏《たそがれ》の亡霊だ！」

混乱はあっという間に広がった。逃げようとする人の押しあいがおこり、まわりから悲鳴と怒声が聞こえてくる。

黄昏の亡霊とは、聞き覚えのない言葉だ。義六の背を見ると、馬車は速度を緩めた。

「瑠瑠お嬢さん、これはまずい。人が集まってきた。黄昏の亡霊は危険だ。もしかしたら暴動になるかもしれねぇ。もうすぐ牛街《ぎゅうがい》ですから、先に帰ってくれますか？　俺は、これがあるから、小回りがきかなくて」

馬車を停《と》めて、眉根をよせながら義六がふりかえった。その顔はあせりとともに、瑠瑠に対して申し訳ないという情がにじんでいた。

「お気をつけて。お嬢さんに何かあったら……俺は死んでお詫《わ》びをしますが、それくらいじゃ許されない」

「大げさね。義六も気をつけて。私は大丈夫だから」

瑠瑠は急いで牛街に駆けこんだ。北京での自分の街だ。回教徒（イスラム教徒）が多く暮らしている。回教の寺院である清真寺《せいしんじ》の前にたどりついて、ようやく立ちどまった。

背後をふりかえる。ぎゅっと拳を握ってから、瑠瑠は家までさらに走った。

「ただいま戻りました！」

「どうしたんだい、瑠瑠」

兄の亦不喇金《イブラヒム》・哈爾《ハル》が慌てた声で出迎えた。

「大通りで、誰かの髪が切られたようなの！」

人々の動揺はすさまじく、瑠瑠を驚かせた。とつぜん髪を切られたら叫びを上げるかもしれないが、まわりの人たちは仰天というより、ひどく恐れているようだった。

小父《おじ》である康思林《こうしりん》が近づいてきて、瑠瑠の肩にそっと手をあてた。

「北京では、何者かに髪を切られる事件が起きている。一度や二度ではない。すべて黄昏時に起こるので、黄昏の亡霊と呼んでいるんだ」

「そう、なんですね……何度も起きていたら、恐ろしいですよね」

「それだけではないんだ。彼らにとって、辮髪《べんぱつ》は人生を左右するものでね」

「辮髪って、あの長い三つ編みのことですよね。周囲の髪を剃《そ》った、男の人の」

「ああ、そうだ。この国特有の髪型だよ」

「髪の形が、人生までを変える？」

小父は「どう説明すればよいのかな」と呟《つぶや》くと、瑠瑠に優しい目をむけた。

「李自成《りじせい》の乱で明《みん》は滅んだ。それに代わって満州族の清《しん》が起こったわけだが、彼らは皆が清に服従するか計るため、漢人に対しても『薙髪令《ちはつれい》』を発令したんだ」

「負けたのでしたら……髪を剃るだけ、ですよね？　人生までとは言えないのではありませんか？」

瑠瑠の指摘に小父は少し顔を歪《ゆが》めたが、すぐに穏やかな表情に戻った。

「頭を留《とど》めんとすれば髪を留めず、髪を留めんとすれば頭を留めず。辮髪にしなければ死刑だ。けれど、漢民族の多くが信仰する儒教の教えでは、毛髪を含む身体を傷つけることは親不孝とされて、禁忌なんだよ」

諭すように言われて、瑠瑠は頷《うなず》いた。瑠瑠も髪を隠したり、食べ物に気を遣ったりする。宗教の教えによって、制限されることはあるのだ。

けれど、まだ疑問がある。

「小父様やお兄様も、免れているわけですね？　回教徒だからでしょうか？」

「そうだね、瑠瑠の言う通りだ。私たちは辮髪とは関係がない。とはいえ、刃物を持った者がうろついているわけだから、気をつけねばならないね」

小父の言葉に、瑠瑠は深く頷いた。

2

朝日が飾り窓から食事の間を照らしていた。

挽肉《ひきにく》がたっぷり入った餡餅《シャービン》（パイ）を食べ終わり、薄荷茶《はっかちゃ》（ミントティー）と甘いお菓子が用意された時、席を外していた小父が困り顔で房室（部屋）に戻ってきた。

「月華《げっか》お嬢様のところに行ってくれないか？」

どうやら伝令が来たとみえる。小父の仕事を考えると、逆らってよい相手ではない。

家族との団欒《だんらん》と甘いお菓子に少しだけ後ろ髪をひかれたが、瑠瑠は「もちろんです」と席をたった。

「すまないね」

「いいえ、私にできることがあるなら、させてください」

肩に日除《ひよ》けの羽織をかけて外に出る。途端に陽射《ひざ》しが降り注ぎ、瑠瑠は手をかざした。

眩《まぶ》しいけれど、砂漠で浴びた平低鍋《ひらていなべ》（フライパン）で焼かれていくような光とは違う。まだ、わずかに柔らかさがある。

御者の義六がすでに待っていた。昨日の暴動の中、無事に帰ってきたのだ。

馬車に乗り込むと、軽やかに走りだす。

暖かな風に乗って、香辛料の匂いが鼻をくすぐり、青々とした石榴《ざくろ》と棗《なつめ》の木がゆっくりと揺れる。故郷の木々が作る濃い影の涼しさを思い返しながら、街の看板の阿拉伯《アラビア》語に目をやっていると、街路から瑠瑠に手を振ってくれる婦人たちがいた。

顔見知りも少しずつできた。清真寺の礼拝堂では、瑠瑠に話しかけてくれる同年代の女子もいる。

瑠瑠はこの街に馴染《なじ》んできたことを嬉しく思いながら、牛街を出た。

「趙家《ちょうけ》のお嬢様は、今度は何をさせようと言うんですかね」

「そうね。……黄昏の亡霊かしら？　ほら、昨日遭遇したでしょう？」

「それって、あぶないってことじゃないですか」

義六が馬車の速度をおとした。

瑠瑠は頰に手をあて、ため息をついてから命じる。

「行って、義六。行かなければならないのよ」

趙家の門前で馬車をおりた。あいかわらず大きな屋敷だ。門番に名を告げる。覚えられていたため、すぐに通された。

院子（庭）の木陰の椅子に、人影があった。小さく細いその人の側《そば》に、ぎゅっと拳を握ってからむかう。

「月華お嬢様、まいりました。瑠瑠です」

返事はない。ふ、と息を吐いてから瑠瑠は微笑《ほほえ》み、月華の足元に侍《はべ》った。

月華を見上げると、微《かす》かな寝息を立てていた。長いまつげが彩る瞳と、赤く形のよい唇が、今はそっと閉じられている。眠っていると、美しい人形のような少女だ。

「……何を見ている」

瞼がふるえて、月華が目を覚ました。足元にいる瑠瑠を見て、腹から吐き出すような低さで唸《うな》った。

寝起きだからか、少しも怖くない。

月華の眉間に深い皺《しわ》がよる。睨《にら》んでくるが、瑠瑠は気にしない。

「お呼びと聞きました」

月華はなおも瑠瑠を睨みつけながら、つんと顎をあげた。

「おまえ、黄昏の亡霊を知っているか？」

「はい。最近、黄昏の時刻になると、亡霊に辮髪を切られるのですよね。うちの小父も刃物を持った人がうろついているのだと怯《おび》えています」

「五日前、一昨日と昨日……。被害者は日に日に増えている。切り落とされた髪が、必ずどこかの橋にかけられているところから、何らかの呪術を思わせるとか。犯人像がまったくつかめず、まるで亡霊だとか。おまえ、現場に遭遇したらしいな？」

「……はい。ですが、あの時はすでに薄暗く、犯人らしき姿は見えませんでした」

「では、私が犯人を見つけてやろう。よい暇つぶしになる」

「事件の解決が、月華様にとっては遊びのように聞こえます」

瑠瑠は、そっと月華をたしなめた。そうできる立場にないことはわかっているが、言わずにはいられなかった。

事件に関わる人たちは、多くが苦しみや悲しみを覚えている。それなのに、人の感情を無視して、暇をつぶせる楽しみだけを求めている。

月華は、瑠瑠の気持ちを察しているだろうに、歯牙にもかけず笑った。

「役所に行って、首領から情報を引き出してこい。事件が起きた他の場所と、辮髪を切られた者たちの様子が知りたい」

瑠瑠はぐっと唇をかみしめた。月華の遊びに素直に従うのは悔しい。それでも瑠瑠は、月華の命令をきいて、首領の李石《りせき》のところに行くほかなかった。

役所にむかうと、李石は難しい顔をして、房室の中で部下と思《おぼ》しき青年たちに指示をだしていた。恰幅《かっぷく》のよい李石の厳しい顔を見て、帰りたくなった。けれど、瑠瑠は自分を奮いたたせるために、役者になったつもりで強い自分を演じる。

部下のひとりが瑠瑠に気づいて、李石に声をかけた。

李石の表情が一転した。

「おや、月華様のお遣いか」

最初に会った時に瑠瑠と名乗ったのに、今も名を呼んでくれない。

瑠瑠は背筋を伸ばして堂々と拝礼した。

「月華様は、此度《このたび》の黄昏の亡霊に、とても関心をもたれています」

「そうか、そうか」

李石は瑠瑠と視線をあわせると口角をあげて、まわりにいた部下たちに「行け」と命じた。

「被害にあったのは、裕福な坊《ぼっ》ちゃんたちだ。色々な場所で辮髪を切られている。捜査の範囲を広げているが、人手が足りない。犯人は被害者に恨みをもっている者の犯行かと思うが、調査中だ」

「私が動いても、お邪魔ではありませんか？」

「月華様に、くれぐれも、私が献身したと伝えるように」

わかっております、と約束すると、李石は満足そうに鼻を鳴らした。

3

瑠瑠は李石から、事件が起きた場所の地図を複写してもらった。

義六の馬車に乗って、さっそく被害にあった人の家を訪ねた。李石の許可をもらった趙家の遣いと伝えると、すぐに通された。

客間でひとり待っていると、十代後半と思しき青年があらわれた。何者かに髪を切られて恐怖を覚えただろうに、それでも今は優しい微笑みで、瑠瑠を迎えてくれた。

席を立ち、瑠瑠は礼をとった。

瑠瑠が異国の娘であるのに、青年は驚いていない。取り次ぎの者が先に伝えたのだろうが、それでも寛容な人なのだ。

「事件を解決するために来てくれたのだと聞いたよ。私で役に立てるなら、何でもするつもりだ」

「ありがとうございます。……ですが、……それはどうされたのですか？」

瑠瑠は青年の頭に目をやった。青年は楕円形《だえんけい》の帽子を被り、三つ編みを腰まで垂らしていた。その髪は人毛ではなく、よく見ると細かな紐《ひも》の集まりだ。

「ああ、これか。そうか、君は知らないんだね」

「黄昏の亡霊に髪を切られたと聞きました。事件があったことは皆が知っているはず。なぜそのような作り物を被っておられるのですか？」

「経緯《いきさつ》がどうであれ、短い髪のままではいられない。これは、辮髪帽子というんだよ」

青年は帽子を脱いで、瑠瑠に渡した。瑠瑠は胸のあたりで帽子を持つと、青年を見上げた。青年が頷いて、後ろをむいた。

青年の髪は首の後ろでひとつに纏《まと》められている。その切り口は不揃《ふぞろ》いで、裕福な家の子息にはふさわしくない手の入れかただ。

「短い髪は奇妙だろう？」

「あ、いいえ、髪は切られた時のまま、切りそろえてはいないのですか？」

どうしてと問いかけると、青年が瑠瑠にむきなおった。ゆっくりした動きで後頭部の髪に触れる。

「これから再び髪をのばしてゆくのだ、少しでも長いほうがよい。切ってしまっては、さらに短くなってしまうからね」

青年の髪を解《ほど》いたら、長さはきっと肩までしかない。少しでも三つ編みを作ろうとするなら、一年以上はかかるだろう。

「どうして、こんなことになってしまったんだ」

青年が椅子を引いて腰掛けた。肩をさげてうなだれる。

瑠瑠は唇を開きかけて、閉じた。

「なぜ黄昏の亡霊は私を狙ったのだろう？　私が何か、悪いことでもしたのだろうか？」

声をふるわせる青年は、目尻を袖で拭き、鼻をすすった。

瑠瑠は青年の姿と、辮髪帽子を交互に見た。

ここで、いずれ髪はのびますと慰めても、青年は喜ばない。青年は身分のある男性なのに、髪を不揃いのままにしておくぐらい、今すぐに自分の辮髪を取り戻したいと願っているはずだ。

辮髪をしていなければ人とは見なされず、殺されるかもしれない不安の中で生きるのは、心細く悲しいものなのだろう。

「私が探ってまいりますから。慰めにはならないかもしれませんが、頑張りますから」

青年が顔をあげた。涙で濡《ぬ》れた頬を、再び袖で拭う。

「切られていたことにも気づかなかったんだよ。亡霊は手強《てごわ》い。気をつけて」

瑠瑠は頷き、他に同じように辮髪を切られた青年たちの家を訪ねてから、月華のもとに戻った。

4

門を抜けると小愛《しょうあい》が出迎えてくれた。あいかわらず表情が読めないでいる。拒絶しているような印象はないのだが、歓迎されているとは断言できない。瑠瑠より頭ひとつぶん大きな小愛につれられて、邸宅の中にはいる。

院子が見える房室に、月華はいた。白い茶杯を手に取り、その香りを楽しんでいる様子だった。

瑠瑠は眉をよせた。亡霊に傷つけられ、泣いている人がいる。けれど、月華にとってそれはまったく気にならない些末《さまつ》なことで、自分の喜びにしか興味がないのだ。

「茶を飲むまで、待て。辛抱の足らぬ猫だな」

「……は？」

瑠瑠はあんぐりと口を開けた。

月華はことさら優美に茶杯を傾ける。所作が綺麗《きれい》だ。絵になる光景とは、こういうことを言うのだろう。けれど、瑠瑠は奥歯を噛《か》んだ。

「ご覧ください！」

瑠瑠は月華に、事件がおきた場所を複写した地図を見せた。月華が「ふぅん」と瞳を輝かせて、茶杯を小愛にあずけると、地図の上をまっすぐ指さした。

「もっと人が集まる場所はある。犯行に有利な条件があるのに狙われていない。なぜだ？」

問いかける口調だが、誰かの答えは期待していないとわかる。それは、その視線が誰にもむけられていないからだ。

「あえて、裕福な者を狙ったのか。なるほど、わかってきたぞ。裕福な者にこそ、辱めを与えたいのだな」

「なぜですか？」

「貧しさからくる妬みだ。犯人は、貧民街の出である可能性が高い」

瑠瑠は月華の唇から出てくる言葉を、驚きとともに聞いた。

まだ瑠瑠はこの国のことをほとんど知らない。けれど、月華はこの国の様々なことを知っていて、一見関係のないと思える情報を集めて、答えをみちびく。

月華の推理には裏付けがあるのだろうが、瑠瑠にはそれがわからない。

「それで、髪を切られた者たちは、おまえより背が高かったか？」

「そうですね、私より少し高いくらいでした」

「そうか。髪を切られていた位置は？」

「皆、髪を下ろすと、肩くらいまでしかありません」

「なるほどな。小愛、お兄様を呼んでこい」

「かしこまりました」

月華の身内と会うのは初めてだ。どんな人だろうか。もしや、月華のような、偏屈な人だろうか。

「どうしたんだい、月華」

あらわれたのは、穏やかな表情の優しそうな青年だ。辮髪を腰まで作り、絹でできた長衫を纏っている。月華にむかって、裾を翻しながら歩んできた。動きに迷いは微塵《みじん》もなく上品だ。眩《まばゆ》い新芽のような人だ。

「やあ、愚鈍な兄よ、私が黄昏の亡霊を解決してやろう」

「『つまびらきの写鏡《うつしかがみ》』で協力してくれるのかい？　それは助かるよ」

月華の兄は爽やかに笑った。月華の不遜さを気にしていないようだ。器の大きい人なのかもしれない。そもそも、月華の身内などをやれているのだから、心が強くなくてはやっていられない気もする。

「犯人は貧民街の出だ。食にとぼしい生活だったが、子息たちより背が高い男だ。小愛と同じく、五尺（約一七五センチメートル）にとどくか、とどかないかだ。抵抗を考えると、大柄な男が犯行におよぶと考えるべきだからな。……五日前と、一昨日、そして昨日。同じように、連続して起きた事件があるはずだ」

「どういうことだい？」

「事件があるはずだ！　私は、そう言ったぞ」

兄が顎に手をあてて、「なるほど」と微笑んだ。

「どうだ。思い当たる節があるだろう」

「ああ、そうだね。……奸臣《かんしん》の動きが連動しているようだ。光瑞党《こうずいとう》のきな臭い動きと」

「なるほど、光瑞党か」

「光瑞党から注意をそらしたいのだろうね。黄昏の亡霊が出る日には、必ず光瑞党の会合があった。毎回、同時に起きている」

「なぜ気づかなかったんだ」

「僕らには、君のような慧眼《けいがん》がないからさ」

「ふん、光瑞党は貧民街にいた男に、『今こんなに政治が乱れて困窮しているのは、皇帝とその臣下たちが悪政を極めているせいだ』とでも囁《ささや》いたのだろう。そうして男は、光瑞党の一派で過激な幇《ほう》（秘密結社）に入った」

「なるほど。光瑞党が集まるとの噂を得て、我々が手入れを行おうとすると、裕福な子息が黄昏の亡霊に辮髪を切られる事件が勃発する。それも、きまって会合の場所から離れた大通りだ。子息たちを守り、黄昏の亡霊を捕らえるために人員を割くことになる。そうすると、結局光瑞党への人員が手薄になって、毎回捕らえられない」

兄妹は視線を交わして、すっと目を細めた。その似通った表情は、彼らが血族であると思わせるのに充分足りるものだった。

「……月華お嬢様、光瑞党とは？」

月華が、ああ、いたのか、と言わんばかりに鼻を鳴らした。

もちろんいたんですよと、瑠瑠は笑顔を貼りつけながら密《ひそ》かに拳を握った。

「反清復明《はんしんふくみん》を唱える宗教組織だ。明《みん》王朝の復活を願い、今の清《しん》王朝には反対している。清朝の重要な拠点を襲ったかと思えば、有力者を暗殺する。いずれも、光瑞党の名を記して」

小父の言葉がよみがえる。清朝を建てた人たちは、漢人《かんじん》に服従の証《あかし》として辮髪をするようせまった。せまられた側は多くが受け入れたが、拒絶する者もいた。

「なる、ほど。けれど、月華お嬢様、……光瑞党に囁かれただけで、たとえ貧民街にいて陛下に不満を抱いている人でも、それほどだいそれたことをするのでしょうか？　捕まったら、ただではすみませんよね」

「大金でも与えると約束されたかな？」

兄が答えた。

瑠瑠は月華に視線をむける。

「本人を捕らえてみればわかるさ。まずは罠《わな》を仕掛けるぞ。次の手入れはいつだ？」

「公にはなっていないのだけれど……」

「内部に情報を流しているやつがいるんだぞ。いまさらためらってどうする」

「困ったね」

「いいから、教えろ」

月華が急《せ》かすと、兄は肩をすくめた。しかし、表情はどこか楽しそうだ。

「明日の夕刻だよ。けれど、君に危ないまねは絶対にさせられない」

5

もう帰っていいと月華に言われて、瑠瑠は帰路についた。義六の馬車に乗って、昼前の街を眺める。

黄昏時と違って、陽は高く、強い光が街を照らしている。昨日の夕暮れでは、人の輪郭が溶けているようだった。しかし、顔がよくわからなくても、体格は判断できるのではないか。

月華は、犯人を、体格の良い男だと断言した。それを、月華の兄も疑わなかった。けれど、瑠瑠はなんだか違和を覚える。

たとえば、月華は、「抵抗を考えると、五尺くらいの大柄な男が犯行におよぶと考えたほうが自然だ」と言っていた。

だが、瑠瑠は先の騒動をこの目で見ていた。

あの時、大柄な人物がいたら、逆に目立ったはずだ。

被害者が抵抗すると考えるのであれば、まわりの人たちも気がついて、ともに取り押さえようとするのではないか。大柄だとしても、大勢の力を撥《は》ねつけるのは難しいはずだ。人々は亡霊を恐れながらも、たいへん憤っているのだから。

ならば、大柄な男ではなく、瑠瑠より背が低く、小柄な男性が犯人ではないか。人に紛れられる身長のほうが、獲物に気づかれずに辮髪を切ることもできる。それだけでなく、まわりに溶けこんでしまえば見つからずに逃げられる。

瑠瑠は趙家の方角をふりかえった。

月華の力である『つまびらきの写鏡』の凄《すご》さを、瑠瑠は間近で見ている。瑠瑠の推理のほうが正しくて、月華が間違えているなど、信じがたいが——もやもやした感情を抱きながら、瑠瑠は自宅に戻った。すぐに自分の房室にむかって、床に小ぶりの絨毯《じゅうたん》を敷き、聖地の方角にむかって礼拝する。

創造主との親密な時間が始まる。

瑠瑠にとって礼拝は、しなければ落ち着かないし、すると安心するものだ。物心ついた時にはすでに、瑠瑠と礼拝の関係はあたりまえに存在した。

創造主に比して、人は体も心も弱く、すぐにあやまちを犯す。弱いからこそ、絶対はない。

創造主と人との仲を結ぶのは天使だ。右肩の天使が善行を、左肩の天使が悪行を記録として書きとめる。その記録が、最後の審判の日に、創造主の前で天秤《てんびん》にかけられる。砂粒ひとつのような重さであっても、天秤は公平で、不当にあつかわれることはない。

瑠瑠は善行をつみたい。美しく、喜びにあふれる天国へ行き、そこで永遠に暮らしたい。

瑠瑠は静かに息を吐き、立ちあがった。

兄の哈爾が扉から顔をのぞかせて、「昼食の用意ができたよ」と声をかけてきた。瑠瑠は頷き、哈爾と外に出る。哈爾の姿は光のもと、はっきりとわかる。薄暗い黄昏時だとしても、大柄では、やはり目立つ。犯人は小柄のはずだ。けれど、それをどう証明すればよいのだろうか。

昼食は、挽肉と刻んだ包心菜《キャベツ》を挟んだ麺包《パン》だった。その後、糖蜜をたっぷりかけた堅果《ナッツ》入りの餡餅《パイ》を食べながら、瑠瑠は紅茶をぼんやりと飲んだ。

「さっきから、うかない顔だね。どうしたんだい？」

とうとう、という様子で、小父の康思林が声をかけてきた。

瑠瑠は苦笑いをうかべた。

「ごめんなさい。黄昏の亡霊について考えていたの」

ふむ、と小父が茶杯を置き、哈爾も同様にした。母の亦不喇金・阿伊莎《アイシャ》は静かに見守っている。

小父が顎に手をあてた。

「月華様に手を焼いているのか。すまないね、手伝えることはなんでもするから」

瑠瑠は小父の顔をじっと見つめた。この小父は、母と兄を大事にしてくれて、瑠瑠のことも気遣い、守ろうとしてくれる。

それがわかるから、小父のために動き、期待に応えたい。

漢人よりも彫りの深い顔は、瑠瑠の父と違うが、それでも懐かしさをおぼえる。もし、この小父が、辮髪にしていたら、どんな感じになるのだろう。想像してみて、瑠瑠は顔をしかめた。

その時、瑠瑠は、はっとした。この想像は、瑠瑠を導いてくれるかもしれない。

「小父様！　辮髪帽子をご存知ですか？」

「ああ、知っている。辮髪を結えない漢人の男性が、こっそり使う帽子だね」

「いくつか用意してもらえませんか？」

「それはいいが、どうするんだい？」

「私、月華お嬢様のような『つまびらきの写鏡』は使えませんから、地道に色々と確かめていくことにします」

小父は頷いて、

「すぐに手配しよう」

と立ちあがった。

「ありがとうございます！」

しばらく待っていると、使用人が息をきらせながら辮髪帽子を抱えてやってきた。それを小父が机の上に置かせて、瑠瑠に「どうだい?」と辮髪帽子をひとつ手渡した。

「小父様、辮髪を切られた人より、背が高い人と、低い人が必要です。お兄様、辮髪帽子を被ってくださる?」

「お願いよ」と見つめると、哈爾は真剣な顔で辮髪帽子を手にした。

「もちろん、かまわないよ。瑠瑠の役にたてるなら」

いつだって哈爾は瑠瑠に優しい。

小父のすすめで、まず瑠瑠と哈爾の身長を測った。瑠瑠は四尺三寸(約一五〇センチメートル)で、哈爾は四尺六寸(約一六二センチメートル)だ。被害を受けた子息たちは瑠瑠より背がわずかに高かったが、皆、兄よりは低い。

椅子に腰掛けた母が見守るなか、瑠瑠は哈爾の辮髪帽子から垂れる黒紐の束を手に取った。清朝男性の辮髪は、背中の中央から腰までと長さが様々あるようだが、小父の用意した辮髪帽子の黒紐は、たいてい二尺(七〇センチメートル)だった。

「まず、私が切る真似《まね》をしますね」

「いや、試すなら、実際に切ってみよう」

小父が使用人に小刀を持ってこさせた。哈爾よりも背が高い小父を見るときは、少しばかり視線があがる。

小父は刀の柄《つか》を握って、哈爾の辮髪をそっと摑《つか》むと、手際よく切った。瑠瑠はその光景を、じっと見つめた。

それから、哈爾はふたたび新しい辮髪帽子を被った。哈爾より拳ひとつほど背の低い瑠璃が、小刀で辮髪を切ろうとした。

その時、瑠璃は違いに気がついた。

「あっ、手の動き！　小父様は下から上にむかって斜めに切るけれど、私は上から下にむかって斜めに刃物を動かします！」

「なるほど……そうすると……」

小父が顎に右手をあて、左手を辮髪の切り口にからめた。

「そうです、切り口が違ってくるはず！　私、早く彼らのもとに急がないと！」

6

瑠璃は義六の馬車に乗って、月華の屋敷に急いだ。

犯人は貧民街にいた大柄な男だと月華は言った。だが、違う。月華でも誤ることがあるのだ。月華は瑠璃と同じ、十五歳の娘なのだから。

申時《しんじ》（午後三時から五時）となり、降り注ぐ光が穏やかになっている。

「よく来たな、ちょうど伝令をむかわせようと思っていたところだ。おとりの準備ができた。これからが面白いぞ」

月華が瑠瑠を手招いた。警吏たちが院子にそろっていた。李石が部下たちに声をかけている。中央に立つ夏露《かろ》が、豪奢《ごうしゃ》な長衫を着ていた。瑠瑠に気づいて、夏露がわざとらしく嘆いた。

「籤《くじ》で負けてしまったんだよ。どうだい、裕福な坊っちゃんにみえるかな?」

瑠瑠は言葉につまった。子息かどうかと聞かれたら、夏露は日に焼けすぎている気がした。

けれど、黄昏時なら、肌の色はわからないかもしれない。

大掛かりなおとり捜査になりそうだ。これだけの大人が真剣に捜査に出ようとしている。

瑠瑠の想定では、犯人は瑠瑠よりも小柄な男だ。髪を上から下にむかって斜めに切るとなると、首の裏の髪が最も長くなり、外側の髪が最も短くなる。

被害者の青年たちのところにむかって、髪の長さを確かめさせてもらったが、瑠瑠の予想どおり、襟足から生える髪が最も長かった。

だが、いまさら瑠瑠が「違う」と言っても聞きとどけられるだろうか。それに、こんなに大勢の前で月華の推理が間違っていると言えば、顰蹙《ひんしゅく》を買うし、もし瑠瑠が正しかったとしても、月華の面子《めんつ》を潰してしまうことになる。

どこかで月華とふたりきりになれないだろうか。迷っているうちに、夏露たちは趙家を出ていった。

「さて、瑠瑠。おまえも準備をしなくてはならないぞ」

「えっ、私がいったい何を？」

「説明せねばならぬのか？　おまえは、私の言うとおりに従っていればよい」

　あまりの言いように瑠瑠は叫びそうになった。瑠瑠は操り人形ではない。

「月華様、ちゃんと説明をしてください！」

「おまえもおとりになるのだよ、瑠瑠」

「……どういうことですか？」

「李石たちは、失敗する」

　瑠瑠は息を呑《の》んだ。

「警吏のかたが、ですか？　なぜ？」

「あのおとりの男は裕福そうだったか？　犯人も馬鹿じゃない。光瑞党という組織が関わっているのだから、相手が金持ちかどうか見抜くさ。あれは本当の意味でのおとりだよ。彼らは、警吏の動きなど完全に掌握している。打ち合わせ場所から最も遠い大通りを、警吏と部下が見張っているが、そんなこと光瑞党には筒抜けだ。犯人は、別の道を通るに決まっている」

「ではどうするのですか？」

「だからこそ、おまえだよ。裕福な家に育ち、纏足をしていない。男装すれば男のふりができる」

きっぱりと断言されたが、瑠瑠は声をあげた。

「なぜ私が！」

「嫌なのか？」

じろりと睨《ね》めつけられた。まるで聞きわけのない童子《こども》あつかいをされているような気がした。だが、間違っているのは月華のほうだ。

気持ちを落ち着けようと深く息を吸い、吐いた。ひたと月華を見つめる。

「月華様、私は嫌です。刃物を持った相手におそわれた時、私はどうしたらいいのですか？　私になにかあったら、母も兄も小父も……故郷にいるお祖父《じい》様や親類、友人たちが悲しみます」

「そうだろうか。人は悲しみをすぐに忘れる。忘れない者を、次第に疎ましく思うほどに」

父が亡くなってから、母はずっと嘆いていた。悲しみに暮れ続けていると、まわりの人が辛《つら》くなるのは知っている。

「でも、私は、父が死んだ悲しみを今も忘れていません！　母も兄も同じです。愛しているからこそ、忘れられないのです！」

「私には、そこまで愛した相手はおらぬからな」

「それでは月華様は、私が傷ついても、たとえ死んでも、どうでもよいのですね！」

「そうではない。だから小愛がおまえを守る。これは約束だ」

誤ることはあっても、月華は嘘《うそ》つきではないと瑠瑠は感じていた。だが、明確に身の危険があるのに、信じろと言われても素直に信じきれない。

「それに、これは小父を喜ばせることに繫《つな》がるのではないか？　おまえの小父は、私の言葉に、おまえができるだけ従うように願っているはずだろう」

月華がにんまりと嫌な笑いかたをした。

瑠瑠は唇を嚙んでから、阿拉伯《アラビア》語で叫んだ。

「私を悪魔からお守りください！」

7

空が炎のような赤に染まっている。乾いた風が、東にむかって吹いている。

光瑞党への手入れが行われると聞いた建物から、もっとも離れた北京市内の大通りには、今頃李石率いる警吏が罠を張っている。

瑠瑠たちは、二番目に大きな通りを選んだ。それらは、月華が決めた。

道沿いにある店の灯《あか》りはあるが、行き交う人の顔は影によって、あまりよく見えない。

瑠瑠は絹でできた長衫を身にまとっていた。月華の兄が、少年だった頃の服だ。ささやかな光でも光沢を放つ鮮やかな赤の絹布は、精巧な刺繍《ししゅう》がほどこされている。巻き毛は首の裏でたばねて、まとめて立派な辮髪帽子の中に入れた。絹布で隠してはいないが、帽子で代わりになるだろう。ならない場合でも、正義のために動くのだから、右肩の天使様もわかってくれるはずだと祈った。

回教では、女性は顔と手以外の部分を隠し、体の線を見せないことが決まりとなっている。特に髪を隠すわけは、女性の髪が美しく、高貴なものであるからだと聞く。包装された菓子と、剝《む》き出しの菓子では、前者のほうが尊ばれる。

それに、隠すことによって見た目で判断されなくなる。だからありのまま、心のありかたで、その人の真価が問われる。

この考えかたが瑠瑠は好きだ。

瑠瑠に求婚した相手は、瑠瑠の本質など何も知らずに選んだ。だからこそ瑠瑠は、中身が大事だと思っている。

父母のように出会い、お互いを理解しあい、求めあいたい。

それは普通ではなく、理想なのかもしれない。人には笑われるかもしれないし、甘いと呆《あき》れられるかもしれない。それでも、瑠瑠は夢をみる。

すれ違う人がときおり瑠瑠を見る。服装が豪奢で目立つのだ。今は顔があまり見えない時間だから、異国の娘だとは気づかないはずだ。

瑠瑠はおとりとなり、犯人を待っている。緊張で心が落ち着かない。大通りの雑踏をふらりふらりと歩んだ。どこか、地に足がつかない。

背後にいるのは小愛だ。侍従の役をやっている。長身の小愛は、瑠瑠と同じように男性の長衫をまとい、辮髪帽子を被って、一歩後ろをついてくる。

瑠瑠は小愛とまともに会話をしたことがない。どんな人なのだろうか。小愛は瑠瑠をどう思っているのだろうか。

小愛は、月華の父親に忠誠を誓っており、その娘である月華にも粛々と仕えているという。対して瑠瑠は、月華の都合のよい遊び相手だ。

もしもの時に小愛から見放されたら、瑠瑠はひとりででも戦わねばならない。不安でたまらないが、ひきうけたからには力を尽くす。怖くても、最後まで逃げだしてはならない。右肩の天使が見ているから。

瑠瑠は覚悟を決めて、大通りを歩んだ。

古書店が並んでいる。筆記用具や紙の店もちらほらと見られた。髪を切られた子息たちは、いずれも街路を散策している時におそわれたと聞いた。

古書店に入っては出て、ゆっくりと大通りを歩んでいった。

いつおそわれるのだろうか。本当に、自分が狙われるのだろうか。そうでなければ、誰が黄昏の亡霊の餌食になるのだろう。自分以外の誰かが傷つくくらいなら、恐ろしいけれど自分を狙ってほしい。

犯人はどんな男なのだろう。小柄な男性がそっと近づいてきて、瑠瑠を刺すところを想像して、瑠瑠は身をふるわせた。

どうして月華は瑠瑠にこんなことをさせるのか。これも、月華の楽しみのひとつなのか。瑠瑠を困らせて、反応を見て、おもしろがっているのか。

前方から来る人たちと、すれ違うたびに心音が跳ねる心地がする。袖がすりあうだけで、ぎくりとする。落ち着かなくて、脂汗が額ににじんだ。

「動くな」

とつぜん小愛が言った。瑠瑠は体を跳ねさせて、ぴたりと立ち止まった。

「え、なに？」

ふりかえると、小愛が小さな人影を捕まえていた。

「動くな。捕まえた。もう逃げられない」

「離せっ！」

十歳くらいの童子だ。身長は瑠瑠の肩までしかない。楕円形の帽子を被っている。藍色の長衫を着ているようで、その姿は闇にとけている。

童子の痩せた腕を摑んで、小愛がひねりあげていた。童子の手には小ぶりの鎌が握られていた。

童子が悲鳴を上げて鎌をとり落とした。摑んでいた手に、小愛がさらに力をこめたのだろう。体格のよい小愛と痩せた童子は、頭ふたつぶん違う。まるで大きな猫に捕まった小さな鼠《ねずみ》のようだった。

「この子はっ？」

「あなたの辮髪を狙ったのは、この童子です。刃物を持って近づいてきた」

「黙れ！　黙れっ！」

童子はさらに激しく暴れた。帽子が落ちる。童子は髪を頭の後ろでひとつに丸め、布で縛っていた。周囲の髪を剃った辮髪を、童子はしていない。瑠瑠と同じく辮髪帽子を被っていた。

「では、犯人は……この女の子？」

辮髪をしていないところ、声の高さから、瑠瑠は童子を女児だと判じた。

小柄な男性が犯人だと思っていた。けれど、自分が想像していたよりも、はるかに小さい女児――いまだに信じられず、瑠瑠は童子を見つめた。

こんなに小さい女児が、どうして罪を犯していたのだろう。

瑠璃はきゅっと唇を噛んだ。しかし、すぐに我に返った。犯人の正体を知ったら、月華は気分を害するだろう。月華の推理は完全に外れていた。素直に自分の間違いを認めるだろうか。

「帰りましょう」

冷静な声に瑠璃はおずおずと頷いた。小愛の隣では、童子がなおも喚《わめ》いている。小愛はいつもと変わらない。辮髪帽子を片手で取ると、その三つ編みで、器用に童子の手首を縛った。帽子部分を引きちぎって捨てると、小愛は童子を肩にかついで、暴れる足を押さえた。

「拾ってください」

「え？」

小愛にうながされて、慌てて鎌を拾った。

この鎌で狙われた。今までの犯行が、すべて童子のものだとは思えないが、それでも今回は童子がやった。最初から命を狙ったものであったらと想像してぞっとした。

「行きますよ」

小愛にうながされたけれど、月華のもとに戻るのがためらわれた。童子をつれ帰ったら、月華はこの子に何をするのだろう。想像するだけで気持ちが落ちこんだ。地に足が縫いつけられているようだ。

童子が嗚咽《おえつ》をあげ始めた。かける言葉を思いつけず、瑠瑠はただ小愛の背に従った。

8

趙家の房室は、洋燈《ランプ》で煌々《こうこう》と照らされている。月華は茶色で光沢の美しい卓を前にして、優雅に椅子に腰を掛けていた。卓には青磁の茶杯が置かれている。

瑠瑠には月華の存在が眩しかった。その対となるかのように、大柄な小愛が床に影を落としている。薄汚れた童子の体は縄で縛りなおされ、小愛がその縄の先を握っていた。

月華はじろじろっと童子を見てから、瑠瑠の表情を愉快そうに眺めた。

「この結果がわかっていたから、小愛ひとりでもよいと判じたのだ」

「どういう意味ですか？」

「あえて、女子とは反対の大柄な男が犯人だと兄には伝えたんだよ」

月華の「あえて」という言葉に、瑠瑠は「やはり」と小さく声に出した。

瑠瑠の反応を見て、月華がさらに笑みを深くした。

「わかったか？　髪を切るだけならそこまで力もいらない。切られた位置からして、女、それも童子の可能性が高かった。誰にも悟られなかったのならなおさらだ。大柄な男では気配に気づかれそうなものだがな。それくらい警戒を解いているおおらかな子息を狙ったのだろうと、同じくおおらかな警吏たちも思ったのだろうよ」

つんと顎を上げて、瞳を煌めかせながら勝ち気な笑みをうかべた。子息たちを、警吏たちを、兄をも、馬鹿にしているのは明白だった。

瑠璢もまた、月華の掌《てのひら》の上だった。

「どうしてそのような嘘を？」

月華は瑠璢の問いを無視して、童子を見下ろした。

「おまえのその大足は、必要な時に、纏足を施していないからだ。両親にはすでに娘がいたが、後継ぎとなる男児を必要としていた。娘の次に生まれた妹のおまえは、しばらく育てられたが、飢饉《ききん》の年に売られた。人買いはおまえに妓女《ぎじょ》になれと命じたが、逃げ出した」

指摘に、童子が顔色を変えた。唇がふるえている。恐ろしいものを見る目で、月華を見ていた。

「なぜあんたにそんなことがわかる！　何ひとつ不自由したことがないくせに！」

「経験はないが、わかるんだよ。おまえを見ていると、色々とな」

「そんなわけない！」

童子が喚けば喚くほど、月華の笑みが深くなる。

「逃げ出したが、食べ物にもろくにありつけず、弱っていった。そこを、幇に属する男に拾われ、手癖の悪さを利用された。いや、仕込まれた」

　びくりと童子が体をふるわせた。

「あたしが、利用されただって？」

「おまえは自分が何をやっているか、本当の意味では微塵もわかっていないのさ。反清復明を唱えるやつらに使われたんだ」

「いいや！　今こんなに政治が乱れて困窮しているのは、皇帝とその臣下たちが悪い！　納蘭《ナラン》・蘇克薩哈《スクサハ》は罪を犯した！　瓜爾佳《グワルギヤ》・鼇拝《オボイ》の横暴はとどまるところを知らない！　それなのに、皇帝たちは日々、搏克《ブフ》（モンゴル相撲）で遊んでいる！」

　童子が皇帝を罵倒すると、月華がそれをさえぎった。

「そう教えられたのだろう？　おまえを救った男は父親になるとでも言ったのだろう。おまえはその男に傾倒し、受け売りをそのまま言っているだけだ」

　瑠瑠は月華の言葉をよく考えてみた。童子ひとりで、反清復明を訴えるだろうか。そんなはずはない。誰かが、童子に教えこんだ。童子はそれを真《ま》に受けて、自分で確かめもせず、皇帝に悪い印象を抱いた。本当はどういう人なのか、知りもしないで。けれど、皇帝と身近に接することなど、できはしない。

「違う！　あたしの考えだ！」

　童子が暴れる。それを、小愛が押さえつけた。

月華がじっと童子を見つめる。

「仲間はどこだ？」

「そんなのいない！」

「おまえが仲間だと思いこんでいる者たちは、常人では考えられない非道な者たちだ。あえて童子を利用した。任務に失敗してまわりに取り囲まれ、怒れる暴徒に襲われても……たとえ、おまえに何があっても、おまえには逃れる力はなく、助からない。そうとわかっていながら、おまえを使ったんだ」

「あたしだけでやった！」

「なんのために？」

童子は無言になった。

確かに、童子は、なぜこんなにも必死なのだろう。彼女は、なんのために行動したのだろう。

「……なんだって良いだろう。あんたに関係ない」

童子の口調が、少し弱まった。痛いところを突かれたのかもしれないと、瑠瑠は哀れみを感じて、童子を見守った。

「父親になった男が、おまえにたっぷり優しくしたのは、取りこむためだ。それから何度も試練を与えられ、鍛えられた。厳しく苦しかったはずだ」

「そんなことない、あたしは耐えられた！」

「父親がいたからだろう？　そいつの期待に応えたかった。そう仕向けられているとも思わずに……。その男は、おまえから考える力を奪ったのだ。反清がおまえの真《しん》の望みではあるまい。本当は、何を望んでいた？」

「あたしの……望み？」

「物事には色々な見方がある。おまえは我が君を何ひとつ知らない」

「我が君って？」

問いかけに月華は答えない。我が君という言葉は、仕えるべき主人を意味している。けれど、月華が誰かの臣下としてふるまう姿が、瑠璃には想像つかなかった。

「まさか、皇帝？」

そんなはずはないだろうと童子が月華を嘲り笑った。

瑠璃は童子の言葉に、息を呑んだ。

「そうだ」

月華は童子の言葉を凜《りん》とした顔で肯定した。そこには、嘘が一欠片《ひとかけら》もみあたらなかった。

「皇帝と知りあいだって？」

「そう言っている」

月華が銀の懐中時計を袖から出した。龍の紋章が入っている。

瑠瑠は口を押さえた。

「信じられない。どうやって雲の上の人と出会えるんだ？」

童子の疑問は、そのまま瑠瑠の疑問でもあった。月華が意味深に笑った。

「即位する前、我が君は、市井と交わって暮らしておられた。私もこの足になるまでは、よく家を抜け出していてね。出会ったのさ。今は王宮に信頼できる者が足らないとの仰せで、微力ながらお力をお貸ししている」

「嘘に決まってる！」

「おまえは、幼い頃から、間違った教えを受けたのだ」

「違う違う！　正しいんだ！」

「私は、おまえを罰したりはしない。陛下は、おまえの背後にある組織を懸念しておられる。これからも、道具にされる童子たちが拾われ、また拐《かどわ》かされ、養われていくことにも。小愛、いますぐに筆と地図を持ってこい」

月華の命令に、小愛が足早に房室を出た。

「あんたの言うことなんて信じられない！　嘘ばかりだ！」

「おまえはまだ童子だ。私が救ってやる」

「救いなんていらない！」

童子が絶叫していると、小愛が戻ってきて、卓に筆と地図を用意した。

月華が筆をとり、地図のある一点に印をつけた。

「よいか、この地図の場所にゆけ。おまえを援助してくれる。私たちは、おまえを利用して手駒にした養父とは違う」

将来の担い手である童子を、正しい道に導きたい——私たちとはすなわち、皇帝と月華のことだ。

皇帝に信頼されている人なのか。月華は、大きな使命を持って生きていたのだ。

「小愛、縄を解いてやれ」

月華の命じるままに、小愛が童子の縄を解いた。手首を擦《さす》りながら、童子は呆然《ぼうぜん》として月華を見ていた。

小愛が童子に地図を手渡した。童子は受け取るが、首をふった。

「お父さんを裏切れない。本当に困った時に助けてくれたのは、皇帝じゃない。お父さんなんだ」

童子の声はふるえていた。

親に愛されたいために罪を犯してしまう気持ちは、理解できる。それくらい大好きなのだ。窮地を救われたと言っていたから、本当の父のように思えたのだろう。

過ぎたことは許される、けれど、同じ罪を犯す者には天罰がくだされる。

童子がもう二度と罪を犯さないでいられるよう、瑠璃は願った。それには、月華の言葉に従うのがいい。月華は今、どうしてそこまでと瑠璃が思うほどに、童子を救おうとしている。それが、瑠璃にも伝わってくる。

童子は地図を小愛に返そうとするが、小愛は受け取らない。今度は直接月華に渡そうとして、小愛に阻《はば》まれた。

救われてほしいと、瑠璃は願った。

どうか、お父さんではなく、月華の手を摑んでほしい。

「どの道を選ぶかは、おまえの好きにしろ。だが、父親を選ぶなら、次はない。おまえは敵となる」

「……敵か。あんたには、敵がいっぱいいそうだ」

「そうだな」

童子は月華を見定めるように見つめた後、暗闇のほうに走っていった。

9

あの童子は救われただろうか。どうか、正しい道を選んでほしい。

瑠璃は今も祈りながら趙家の門前で馬車からおりた。陽射しを浴びながら院子に進むと、月華が椅子に座って書物を読んでいた。今日は眠っていなかった。瑠瑠に寝顔を見られるのを、警戒しているのだろうか。

「あの子はどうなりましたか！」

気になっていたのに、月華から呼びだしが来るまで三日待った。だから、ずっと童子の消息が知りたかった。

瑠瑠が前のめりで問いかけると、小愛がすぐに包みを持ってきた。

月華がつんと顎をあげた。

「菓子を受け取れ。兄からの礼だ」

月華は瑠瑠の問いに答えない。瑠瑠は焦《じ》らされていると思いながらも、礼を告げて包みを受け取った。想像以上に重い。中身がずっしりと入っている。心が弾んだが、今ここで褒美の中身を開けて確かめるのは失礼にあたる。

「黄昏の亡霊は消えたが、犯人は捕まっていない」

「はい。そのように小父からも聞いております」

「未解決事件にはなったが、兄は満足しているようだ」

「ああ、それでしたら、とても嬉しいです」

童子が犯罪をやめた。きっと、正しい道を選んだ。

「……あの娘は、私が行けと命じた場所にあらわれなかった」

月華が一度空を見上げてから、瑠璃に視線を戻した。

耳を疑った。さっきまでの喜びは消え失《う》せて、胸の中を寒風が吹き荒れた。

「それでは、……父親のところに戻ったのでしょうか？」

月華が足を組み替える。小さな靴の爪先がゆるりと動いた。月華は瑠璃を見ない。顔を背けて、嘆息した。

「私は、またしても見誤った。すべてがわかっているのに、童子を救えぬ」

月華が鼻を鳴らすので、瑠璃は反応に困った。

「人の心は、そんなに簡単じゃありませんから」

「歪んだ愛に敗れるとはな」

月華が落ちこんでいる気がする。月華が再び足を組み替えた。黄色の靴先が裾から見えた。掌に乗るほど華奢《きゃしゃ》な足では、思うように走れない。

誰かの力が、月華には必要なはず。その役割の一端になれれば——なれるはずだ——。

瑠璃はきゅっと自分の手を握りこむと、月華にむかって微笑みをうかべた。

「私を哀れむな、無礼者め！」

月華の視線とその言葉が、瑠璃を容赦なく突き刺した。

「月華様、私は……」

「私はおまえなど必要としていない！　おまえを呼んだのは、私の退屈を紛らわすためだ。おまえはなにも考えずに、ただ私を楽しませればよいのだ！」

瑠璃は唇を噛んだ。月華には猫と呼ばれ、人としてのあつかいを受けていない。支えたいと思った瑠璃の気持ちは、月華にとって必要のないものなのか。

この人に心を開きかけた自分は愚かだ。

「……そう、ですか。わかりました」

信じかけた瑠璃の心が、月華の小さな足に踏みつけられて悲鳴をあげている。

第三話

1

康熙《こうき》七（一六六八）年、八月十四日の夜、康家《こうけ》の食卓を洋燈《ランプ》の灯《あか》りが照らしていた。夕食はすでに終わっている。卓には食後の薄荷茶《はっかちゃ》（ミントティー）と、四角い箱が二個置いてあった。箱はどちらも赤く、金の模様がそれぞれ違う意匠で描かれていた。

「この箱も綺麗《きれい》ですね」

「そうだね。この色は、贈答品によく使われているんだよ」

箱を開けると、丸い月餅《げっぺい》（焼き菓子）があらわれた。表に月、福といった瑠瑠《ルル》にもわかる一文字が、それぞれに押印されていた。

月餅は、その名の通り、月のように輝いて見える。こんがりとした黄金《こがね》の焼色がたまらなく美味《おい》しそうだ。夕飯はすっかり食べたのに、瑠瑠は菓子を見て喉を鳴らした。

「月華《げっか》様に、立派なものをいただいたのだね」

小父《おじ》の康思林《こうしりん》が瑠瑠を褒めるような口ぶりで話したので、誇らしさに頬が緩んだ。

「お兄様がいただいた月餅だって、立派で素敵」

「ああそうだね。ちょうど中秋節だからだな。なにか返礼をしなくては」

「思林小父様、中秋節って何ですか？」

「この季節は一年の中で最も月が美しいと言われている。月餅を窓辺に置いて、月を眺めるのだよ。十五夜の明日に、皆で食べよう」

「月の美しさを楽しむなんて、素敵な行事ですね」

「お世話になった人や、親しい人同士で月餅を贈りあうと聞いていたわ。これがそうなのね。本物を見るのははじめてよ」

阿伊莎《アイシャ》が優しく微笑《ほほえ》んだ。その表情を見て、母に話を教えたのが父だと瑠瑠は察した。父を思い出すと、まだ胸が締めつけられる。

「月華様と仲良くなったんだね」

「お兄様！　仲良くなんかありませんよ」

「そうかい？」

「お兄様こそ、月餅を贈ってくださるご友人ができたんですね」

「そう、だね」

兄の哈爾《ハル》が薄荷茶を飲みながら、窓の外を見つめた。その顔はどこかぼんやりとしていて、瑠瑠との会話にも心ここにあらずだ。

「どうなさったの、お兄様。うかない顔をなさって」

「ああ、いや……そんな顔をしているかな？」

哈爾がふっと笑って、茶杯を卓に置いた。

「心配させてすまない。この月餅を贈ってくれた友が落ちこんでいるんだ。それがずっと気になっていて」

「気になっていることって何ですか？」

「友の名は翼《よく》。劉家《りゅうけ》の次男だ。翼の兄上の翔《しょう》殿が、家の者に結婚を反対されたんだ。それだけでも哀れなのに、翔殿が大事にしていた猫まで消えたと聞く。雪を踏むという意味をもつ、美しい名の猫だ」

回教（イスラム教）では、猫は特別な生き物だ。猫は預言者に格別に愛されていた。瑠瑠たちも、猫を愛している。

「私たちができることってあるかしら？」

「せめて猫の踏雪《とうせつ》だけでも見つけてさしあげたい」

「私も力になりたいです！」

瑠瑠は哈爾と猫のことを想《おも》い、心の底から声をあげた。それに、良いことをすれば、右の肩にいる天使が善行を書きとめてくださる。

「まぁ、待ちなさい。月華様のご意見を聞かせてもらえばどうだ？」

　小父が顎に手をあてながら言った。

「えっ？」

「瑠瑠は月華様と親しいのだろう？」

　猫を探してほしい理由を、月華は軽んじるだろう。月華は瑠瑠を対等だと思っていない。退屈を紛らわせるための駒にすぎない。

　これまでは命令だったから、瑠瑠は月華の言うことを聞いてきた。瑠瑠から月華に頼み事をするなんて絶対にできない。けれど、哈爾の期待に満ちた瞳が眩《まぶ》しい。

「翼は、こちらで初めてできた友なんだ」

　優しい兄は、困った人を見捨てられない。その人柄から、故国では、大勢の学友に恵まれて、愛されていた。

　そんな哈爾を故国から引き離したのは瑠瑠だ。お世話になった人、近所の人たち、友人に、まともな挨拶もできずに旅立った。撒馬爾罕《サマルカンド》から北京《ペキン》まで、およそ万里《ばんり》（約六一九〇キロメートル）。瑠瑠たちは天山北路《てんざんほくろ》（絹の道《シルクロード》）を通って、この清国《しんこく》までたどりついた。

　長く遠い道だった。瑠瑠はすべてを故国に置いてきたし、母と兄にもすべてを捨てさせた。

この異国で、哈爾が友情を育んだ相手の願いなら、瑠瑠も叶《かな》えたい。叶えねば、兄の献身に報いられない。瑠瑠はぎゅっと拳を握った。

「わかりました、お兄様。月華お嬢様にお願いしてみます」

最後に会った時に見た月華は、瑠瑠を睨《にら》みつけていた。誰が助けるものかと、月華は嘲笑《あざわら》うかもしれない。

けれど、行こう。兄のために。

2

襟元をかすめる乾いた風が涼しい。秋の気配を感じながら、瑠瑠は月華の足元に侍《はべ》っていた。月華は傍らに小愛《しょうあい》を従えて、院子（庭）にある立派な椅子に腰掛けている。青色が爽やかな旗袍《チーパオ》を着ていた。襟は紺で、袖は淡い緑色だ。それぞれに異なる刺繍《ししゅう》がほどこされている。瑠瑠はその姿を見上げながら、緊張にうっすらと汗をかいた。

「その……無理でしょう、か？」

昨晩の話を月華に語ったのだが、今もまだ返事はない。

「私の外猫が甘えるのだから、飼い主としてはどうしてやるべきだろうな？」

月華が瑠瑠を澄ました顔で見下ろした。尊大な態度だが、月華にはよく似合った。また動物あつかいされた。

月華を睨《ね》めつけると、月華は唇の端を持ちあげて瞳を煌《きら》めかせた。瑠瑠を見下ろすその美貌に、一瞬、この屋敷に来た目的を忘れた。

月華が足を組み替えた。裾がわずかに翻って、淡い紫薇花色《しびかいろ》の靴先が見えた。靴先は尖《とが》っており、どうやって足を入れているのかと、不安になる。

「聞いておるのか、愚かな猫め」

瑠瑠は我に返って、月華の足元で礼をとった。

「お願いします、月華お嬢様」

「そうだなぁ。ま、いいだろう」

「本当ですかっ？」

瑠瑠が声をあげると月華が顔をしかめた。じっと見つめると、小さく鼻を鳴らして顎をあげた。その仕草は高貴な公主（王女）を思わせる。公主に会った経験はないが、瑠瑠はそう感じている。

「退屈で死にそうだったからな」

「月華様が、猫探しに力を貸してくださるなんて！」

「猫、か」

「小父が、月華様を頼るようにと助言してくださったのです」

「なるほど。おまえの小父は策士だな。謝礼を楽しみにしているぞ」

月華がにやりと唇を歪《ゆが》めた。

「お金、ですか？」

瑠瑠は眉間に皺《しわ》をよせたが、そうできる立場ではないと呼吸を整えた。好意に甘えすぎてはいけない。謝礼は当然の請求だ。だが、瑠瑠と兄、ひいては小父に支払える金額だろうか。

月華が冷たい視線を瑠瑠によこした。

「金など趙家《ちょうけ》はもてあましている。そんなものはいらぬ。私は、おまえにしかできない礼を求める」

「……それは、なんでしょうか？」

「事件を解決したら教えるさ」

これで月華に借りを作ることになる。まるで、首に紐《ひも》を巻かれるような心地だ。

瑠瑠は大きく息を吸うと、無理して微笑んだ。

「猫探しは何から始めましょう」

「その猫は、どんな猫なのだ？」

「踏雪という名で、二歳の臆病な猫だと聞きました」

「それだけか？」

「はい」

「……四足に白い靴下をはいたような毛並みだな。特徴があるから、街を歩いていれば誰かの目にとまるはずだが……」

月華が顎に手をあてて、どこを見るともなしに語った。

「なぜ、猫の柄がわかるのですか？」

「おまえは本当に愚かな猫だ。柄なら、名からわかる。雪を踏むのだ。どうなる？　想像してみよ」

猫ではないと言ってやりたいが、今日は月華の機嫌を損ねるわけにはいかない。

「雪を……踏む」

瑠瑠は、この国の冬をまだ知らない。だから故郷をふりかえる。

撒馬爾罕は夏になると熱く乾いた風が吹き、冬は厳しく曇天から雪がふった。積雪した翌朝、瑠瑠は哈爾と一緒に真新しい雪を踏んでまわった。猫が雪の大地を歩いたらどうなるか。その足を思いうかべて、瑠瑠はなるほどと頷《うなず》いた。

「兄が美しい名だと言った意味がわかりました」

「兄はおまえより賢いのだな」

「私も、簡単な漢字はわかるようになりましたし、今も勉強中です」

「そうか、励めよ。それはそうとして、……劉家といえば、家業として薬の卸しをしている。北京市内に薬局が五店舗あって、手広くやっている家だな。まずは、劉家に行って話を聞け。時が経《た》てば経つほど、踏雪の行方はわからなくなるぞ」

瑠瑠の言葉を流されて悔しいが、そんなことを気にするよりも、行動しなくてはならない。

月華は視線を屋敷の門の方にむけた。

「急ぎます！」

瑠瑠は月華に拝礼をすると、趙家の門を走って出た。

3

大通りから繁華街に抜けて、義六《ぎろく》の馬車は路地を走る。軽食堂や煙草屋《タバコや》、道行く人に、嬰児《えいじ》をあやす童子《こども》たちがいる。老人は道端で碁を打ち、若者は盤を前にして勝負をしたり、童子たちは小さな食器のようなものを並べて遊んでいたりする。

色々な人がいる。色々な家族がある。劉家はどんな家なのだろう。劉家の翔は、どんな結婚を望んだのだろうか。身分違いや、許されない恋だったのだろうか。

流れゆく景色を見ながら、瑠瑠は父母の恋を想像する。ふたりは、まわりに認められずとも、けっして諦めなかった。翔は、今はどうしているのだろうか。反対を受け入れているのだろうか。

「義六、劉家まであとどれくらい？」

「もうしばらくです。お嬢さん」

路地の壁は大人の二倍ほどの高さがあり、灰色の瓦屋根が並んでいる。大きな門のある屋敷の前で、馬車は停《と》まった。瑠瑠は素早くおりると、劉家の門前から「哈爾の妹です」と告げる。

けれど、門のむこうからは何やら騒がしい声がしていて、瑠瑠の呼びかけに応える者はいない。

門扉に手をかけると、鍵はかかっていなかった。見とがめられたら月華の遣いだと言おうと決めて、敷地の中に入った。

四角い石造りの院子に十数人が集まっている。年老いた者から、幼子まで。中央には老婆が椅子に腰掛けており、皆は彼女をとりまいていた。

「だから占いをしたのだ。凶と出たというのに！」

「申し訳ありません！　うちの娘が！」

老婆を前にして、石畳に膝をついて頭を下げている者がふたりいた。瑠瑠に対して背をむけているのでどんな顔かはわからないが、中年の夫婦のようだ。

「占い？」

瑠璃は思わず呟《つぶや》いた。回教では、創造主は占いや魔術を許していない。未来は創造主がお決めになる。だから瑠璃も含めて回教の人々は、すべてを創造主に委ねて生きられる。それには安らぎがあり、大きな安堵《あんど》がある。

創造主の発した言葉ではない――それも異教徒の占いを――瑠璃はまったく信じられない。そのような魔術にふりまわされて、いったい何を決めたのだろう。

「当たると評判の占い師に依頼したが、そのとおりになった！　おまえの娘が誑《たぶら》かしたんだ！」

「そんな……うちの杏《あん》にかぎって……。そういう子ではないことは、大奥様もご存知でしょう！」

石畳に額をつけていた女性が、身を起こして言いかえした。その涙声に瑠璃の胸は痛んだが、彼らを見つめる周囲の目は冷たく厳しい。

このまま私刑が始まるのではないかと、瑠璃はぞっとした。瑠璃は見た経験がないが、故郷で話を聞いた覚えはある。農作物を盗んだ若者を捕らえて石を投げたり、幼女を犯した男を村人が撲殺したり、だ。

「幼い頃とは立場が違う。貧しいうえに大足など、許されるはずがない！」

怒鳴り声に瑠璃は眉をよせた。ここでも大足が出てくるのか。月華はかつて、貧しければ足を矯正する事もできないと言っていた。矯正できないと、まともな結婚もできないから、さらに貧しくなるのだ、とも。

瑠瑠は瞼《まぶた》を一度強く閉じてから、遠巻きに見ている使用人に声をかけた。まだ瑠瑠と同じくらいの年齢に見える少年だが、椅子に腰掛ける老婆や周囲の者たちと違って、使い古したつぎはぎの衣服を着ている。

「あの、何が起きたんですか？」

使用人の少年は肩をふるわせて瑠瑠を見た。彼は目を鋭くして、瑠瑠を見下ろした。

「異人がここで何をしている！」

使用人の少年に侮られている。異人を見て警戒するのは珍しくないし、少女とわかって軽く見てくるのもよくあることだ。

そんなことに瑠瑠は怒ったりしない。にっこりと微笑んだ。

「私は、趙家の月華様に言われて来ました」

使用人の少年が目を見開き、慌てて駆けだした。

「大奥様！　趙家の遣いがいらしています！」

院子にいた者たちが瑠瑠を見た。趙家の遣いがこのような異人の娘なのかと、口々に言い、顔を見合わせ、老婆をふりかえった。

床に座っていた夫婦らしき人たちも瑠瑠を見た。その泣き濡《ぬ》れた瞳と、視線がまじわった。

「いったい何用だ？」

　小父と同じくらいの三十代と思《おぼ》しき男が、腕を組みながら近づいてきた。

「踏雪の件でまいりました」

　瑠瑠が拝礼をすると、男は眉をよせた。

「ああ、踏雪か。見ればわかると思うが、それどころじゃない」

「何があったんですか？」

「踏雪とは関係ない。これ以上、異人の小姑娘《こむすめ》に話すことはない」

　瑠瑠は追い払われそうになった。けれど、泣いている夫婦を無視できない。素直に帰る気持ちは微塵《みじん》もなかった。

　瑠瑠は男に肩を摑《つか》まれ、押しやられたが、足をふんばった。

「父上、彼女を乱暴にあつかわないでください！」

　青年の声がした。

「おまえは黙っていろ」

「……父上、ですが！」

　哈爾の友人の翼とは、この青年だろうか。瑠瑠より少し背が高い。北京の人にしては目鼻立ちがはっきりしており、深褐色の長衫《ちょうさん》を着ていた。

青年は父と呼んだ男の手を押さえて、瑠瑠の肩から引き離した。それから、背中で瑠瑠を庇《かば》うように前に出る。

瑠瑠が青年を見上げると、青年はふりかえって微笑んだ。

「哈爾の妹かい？　今日はお帰り。猫の件はまた落ち着いてからでかまわないから」

優しく諭され、瑠瑠は小さく頷いた。

このかたのために動いているのに、逆に迷惑をかけてしまうわけにはいかない。

「門まで送るよ」

「ありがとうございます」

「待て。月華様は聡明なかただ。もしかしたら、翔を見つけだしてくれるやもしれぬ」

老婆の声が院子に鋭く響きわたった。

「いなくなったんですか？」

老婆が瑠瑠を手招いた。丸い顔をした老婆は、ふくよかな体を、旗袍に包んでいる。髪飾りと金の指輪は、この家にいる誰よりも豪奢《ごうしゃ》だ。なにより泰然とした貫禄《かんろく》が、老婆にはあった。

警戒する男女の間を、瑠瑠は堂々とまっすぐに進んだ。

「我が家の翔が、林家《りんけ》の杏と、結婚したいと言い出した。反対したら、心中すると書き残して消えたんだ。この娘に、あれを見せておやり」

老婆が近くに立っていた中年の女性に命じた。

中年の女性は鋭い視線を瑠瑠にむけて、手にしていた白い紙を瑠瑠の前に開いた。

墨で文字が書いてある。

「あなたに読めるのかしら？」

挑発されている。異国人だからと侮られている。確かに、この国の人と同じように読める自信はない。月華にも、哈爾と比べられた。

瑠瑠は紙を受け取った。紙は薄く軽いが、そこには人の命を左右する文言が書かれているのだ。

読めなかったらどうなるのだろう。この場から追い出されるはずだ。情報を持たずに戻ったら、月華に愚かだときっとまた嘲笑われる。だが、読むことを試しもせず尻尾を巻いて帰ったら、そちらのほうが愚かではないのか。

父から言葉は教えられた。漢字は苦手だが、清国に着いてから、少しずつ学んでいる。知っている漢字があればいい。そうしたら、大意をとることができる。それらを月華に伝えたら、彼女が推察してくれると、瑠瑠は信じた。

風が紙をはためかせる。飛んでいかないようにしっかりと握る。まわりの人たちが、瑠瑠の様子をうかがっているのがわかる。本当にできるのかと問われているのだ。

きゅっと心臓が縮んだ気がした。息がしにくい。瑠瑠の指は緊張にふるえた。

哀風落日流
総是永懐情
但吾自門去
意不得世上
情永存泉下

瑠瑠はていねいに文字を眺め、口を開きかけた。

その時、屋敷の中に足音をたてて何人かの男たちが入ってきた。老婆や、まわりの人たち、瑠瑠も、足音のするほうを見た。

先導する男の顔に見覚えがあった。蛇のような顔に、猪《いのしし》のような体をして、他の男たちの誰よりも質の良い長衫を身にまとっている。気安く近づいたら、痛い目に遭いそうだ。

それでも、瑠瑠は声をあげる。

「李石《りせき》様!」

李石は視線を瑠瑠にむけて、わずかに首をかしげた。

「どうして小姑娘がここにいる?」

瑠瑠の名を知っているくせに、李石はあいかわらず瑠瑠と呼ばない。瑠瑠は気にしないと自分に言い聞かせながら、李石に駆けよった。

「劉家の翔さんが、心中するために、家から消えられたそうです！」

「だから私たちに連絡がきたんだ。それより、どうして私たちより先に、小姑娘が劉家にいるのかと聞いている」

「それは、この家から消えたのは、翔さんだけでなくて……」

この家の猫を探しているのだと告げたら、どんな反応をするだろう。瑠瑠がためらうと、李石が眉間に皺をよせた。

「劉翔殿だけではない？　そのような話は聞いておりませんなぁ」

「我が家の猫の話ですよ」

老婆が李石にきっぱりと告げた。

李石が顎に手をあてる。

「猫ですか。宝石などではないのですね」

「猫ではいけないのですか？」

瑠瑠が問うと、李石が顔をしかめてから老婆に視線をむけた。

「最近、高価な物が盗まれる事件が起きております。劉家では、猫でしたか。猫は翔殿と一緒に消えたのですかな？」

「いえ、猫のほうが先に消え、次いで翔が杳と消えました」

「だんだんと、劉家から消えていくというわけですか」

「……確かに、そうとも言えます」

老婆が同意した。

「李石様、こちらを」

瑠瑠は李石に書き置きの紙を渡した。李石が受け取り、さらりと眺める。

「とにかく、心中なら、急いだほうがよろしいですな」

「劉家も探しますが、どうか李石様のほうでも、よろしくお願いいたします」

老婆の言葉に、李石が深く頷いた。

「わかっております。……小姑娘よ」

瑠瑠は「是《はい》」と返事をした。

「この件も、月華様の協力を得られると助かるなぁ」

どこか独り言のように李石がこぼしながら、書き置きを瑠瑠に渡した。直接は頼みにくいが、瑠瑠が察して月華に伝えろという意味だろう。

大人って、まわりくどくて、面倒ね。

瑠瑠は「そうですね」と微笑むと、走って劉家を出て、義六の馬車に飛び乗った。

4

月華は瑠瑠の話を聞き終えると、

「それで、おまえが書き置きを持っているのか」

鋭い視線を瑠瑠の手元にむけた。

「はい、あずかってまいりました」

「読んでみよ」

瑠瑠は頷き、文字を指で撫《な》ぜた。

「……哀風が落日に流れる、すべてこれは……永懐の情。……ただ吾《われ》自ら、門を去る」

漢字の勉強をしているとはいえ、これは難しい。

瑠瑠はさらに声に出して、読む。

「意は世上で得ずとも……、情は、永く泉下？　に存ぜり」

「そうだな。よく読めた」

褒められたので、瑠瑠は気持ちが高ぶった。

「意味はわかるか？」

「細かい機微はわかりませんが、駆け落ちするということですか？」

「泉下は、黄泉《よみ》（あの世）の国という意味で、死んだ者が行く場所のことだ」

「それって」

「悲しい風が落日に流れている。すべてこれはあなたを恋しく思い続ける気持ちだ。もう私は家を出よう。望みはこの世で思うようにならなかったが、想いは永く黄泉にある。という意味だ」

「結婚を反対されたから、心中するつもりで消える、と！　そういう意味ですか！」

「そう書いてある」

「占いなんかの結果で、命を落とそうとするなんて！」

「占いなんか、ね」

「創造主は、占いや魔術を認めていません。月華お嬢様は、占いを信じておられるのですか？」

「信じてはおらぬが、信じる者がいることは知っている」

月華の反応を受けて、瑠瑠は気づいた。月華からしたら瑠瑠もまた異教徒だ。

「月華様は、何を信じておられますか？」

「私は、私を」

唇の端を持ちあげて、月華は笑った。その瞳は鋭く、瑠瑠から言葉をうばった。

自分しか信じていないのなら、迷子のような寂しさや不安を覚えたりはしないのだろうか。創造主に祈る時のような安らぎを、月華は得られるのだろうか。

月華から瑠瑠はどう見えているのだろう。自分と違う生きかたをして、創造主を信じる娘を面白がっているのは確かだ。

「占いの結果以前に、結婚は反対されていたとみるのが自然だ。劉家の立場から考えると、林家とやらはよほど格下なのだろう。林杏については聞いてきたか？」

「……家は貧しく、足は矯正していませんでした」

瑠瑠は視線を落とした。

「杏についてはさらに調べておく。まずは、書き置きを見せてみろ」

月華が手を差し伸べてきたので、紙を差し出した。月華は紙を引きよせると、足を優雅に組み替えてから、紅を引いた唇で満面の微笑みを作った。

なんて楽しそうなのかしら。

瑠瑠は旗袍の裾からのぞく小さな足をさりげなく見た。月華は好奇心の塊だ。もしも月華が自由な足をしていたら、瑠瑠など必要とせずに、自分で走っていっただろう。失われた物の価値を、月華はわかっていない。それが哀れだと、今日も思う。

「おまえ、よからぬことを考えているな？」

月華の小さな足が、瑠瑠の胸を踏んだ。

「何をなさるのですか！」

「何を考えていたか、私に言えるか?」

瑠璃は唇を結んだ。小さな足は月華にとってあたりまえのことで、哀れまれるのは嫌なのだろう。

黙っていると、月華が書き置きを眺めてから、「ふぅん」と笑った。

「ずいぶんと似せてあるが、後半は別の者が書いているな」

「えっ、誰かが書き足した?」

「誰にでも癖はあるものだが、書き足したであろう文字からは、全体に緊張がみてとれる。とくに、永と情の字は顕著だ。情の字は偏と旁《つくり》の間隔が異なっているし、永の字は書き癖が違う。曲がる部分、線と線の繫《つな》がり、跳ねや払いの違いも、心得がある者が見ればわかるはずだ。劉家の者たちはよほど慌てていたのだろうな」

その心得がある者とは、まさしく月華のことなのだろう。

「そうすると、書いてある意味が変わりますね」

「翔と杏は、あの世ではなく、この世のどこかに旅立つつもりだ。その前に、ふたりにはどうしても、しておかねばならないことがある」

「誰にも見つからないくらい遠くに旅立つなら、相応の準備がなければ破滅です」

「追いつめられて飛び出したはずだから、荷造りするほどの荷はないだろう。翔が身につけている物を売って、金に変えている」

月華は書き置きを瑠瑠に渡すと、小愛の名を呼んだ。

小愛が近づくと、その耳になにやら告げる。ふたりが親密だと感じられて、瑠瑠は自然と笑みがうかんだ。月華は何も信じないと言ったが、小愛とは信頼を結んでいるように見える。

月華と瑠瑠の間にはない。

小愛は小さく頷くと、家屋に入っていった。その背を見ていると、月華が「おまえ」と不機嫌そうに言った。

「どうしました？」

「あれは、家猫だが、父の猫だと言ったはずだ。私の猫ではない」

瑠瑠は首をかしげた。人を猫に例えるのは好きではないけれど、家猫ならば、家族皆の大切な存在であるはずだ。

「それでは、月華様は、どんな猫をお望みなのですか？」

瑠瑠が問いかけると、月華がじっと瑠瑠を見て、

「……もういい」

軽く手をふった。瑠瑠は月華の意図がわからず、黙って月華を見た。月華は澄ました顔で瑠瑠から視線をそらすと、初秋の空を見上げた。

院子から見る景色は、月華の目にどう映っているのだろう。この屋敷だけが、月華の

世界のすべてだ。そう思い至ると、瑠瑠はなんだか胸が苦しくなった。

まもなく、小愛が肩に灰色の布鞄《ぬのかばん》を掛け、片手に四つ折りの大きな紙を持ってきた。月華の前で、紙を広げる。瑠瑠も覗《のぞ》きこんだ。

地図だ。北京の都について詳細に描かれている。月華は地図を眺めると、劉家からほど近い場所を指さした。

「人を見つけるのは猫を探すよりもたやすい。この祠廟《しびょう》に急いでむかえ」

小愛が、瑠瑠に鞄を渡した。

「赤い封筒を鞄に入れておいた。ふたりが赤い布を身に着けていたら渡せ。それまでは封筒の中は見るな」

「何が入っているか聞いてもよろしいでしょうか？」

「聞くだけならな」

月華は、薄く笑うだけだ。

これは聞いても、教える気などは微塵もないな。

瑠瑠はため息をこらえて、趙家の門を出た。

5

瑠瑠は義六の馬車に乗り込み、鞄の中をそっと見た。掌《てのひら》に収まるくらいの封筒がひとつ入っている。色は真紅だ。封筒の意味がわからない。とりあえず鞄を肩に掛けて、月華のいう祠廟を目指した。

翔と杏が駆け落ちした理由は、まわりに反対されたからに違いない。ふたりは互いの絆《きずな》を貫くために、互いを選んだ。その想像は瑠瑠の両親の深い愛情を思い起こさせ、胸を暖かくさせた。それは、瑠瑠にとって勇気となった。

瑠瑠は祠廟の方角を見た。祠廟は寂れていた。灰色の瓦は風雨にさらされて今にも崩れそうだったし、朱色の柱は色が剝《は》げていた。境内の草むらは瑠瑠の腹までのびており、行く手を阻《はば》んだ。

瑠瑠は草をかきわけて進んだ。風に乗って、芳《かぐわ》しい線香の香りがただよってくる。階段を登って祠廟に近づく。軒下には、壊れかけの提灯《ちょうちん》が吊《つ》るされていた。正面にある四角形の戸口は開かれて、奥から煙の線がたちのぼっている。

一組の若い男女が、祠廟の前で互いを見つめている。男性のほうは茶色がかった辮髪《べんぱつ》に丸い帽子を被《かぶ》り、首から赤い布を掛けていた。

女性のほうは麻の上衣に袴《はかま》（ズボン）をはき、髪を首裏でひとつに纏《まと》めて、赤い絹布を頭に被っている。女性の絹布からのぞく横顔には、穏やかな笑みがあった。

再び風が吹き、女性の絹布が大きくはためいた。女性が愛らしい悲鳴をあげる。男性が絹布を押さえ、女性に微笑む。ふたりは手を取り合った。

まるで演劇の一場面のようであり、夢のような光景だ。瑠瑠は呼吸を忘れた。けれど、ふたりの視線が祠廟の傍らにある荷物にむけられた時、我に返った。

「あの！」

ふたりは素早くふりかえって瑠瑠を睨みつけたが、その瞳はすぐに驚きに見開かれた。まさか異人が立っているとは思わなかったとみえる。

「私は瑠瑠と申します。劉翔さんと、林杏さんですよね？　ご家族が探しておられますよ」

翔が厳しい顔をして瑠瑠を鼻で笑った。

「どこの誰か知らないが、よけいなお世話だ。帰れば引き裂かれるだけだ」

「私はおふたりに、帰れとは言っておりません」

「なんだと？」

「私の両親は、誰にも認められない恋愛の末に結婚しました。だから、私は今、ここに立っています。私は、あなたがたを応援したい」

「異国の娘に応援されて、何ができるのだ」

言葉が容赦なく瑠瑠を打つ。瑠瑠は奥歯を嚙《か》んだ。翔に言われる通り、瑠瑠は無力だ。自分の金も地位も名誉もなく、月華のような知性もない。月華に言われて走りまわるしか能がない。

自分からすべてを削《そ》ぎ落とした時、果たして何が残るだろうか。

瑠瑠はぐっと拳を握って、翔と杏を見つめた。

「どこにむかわれるのですか？」

劉翔は、瑠瑠の言葉に、とんだ愚か者を見るような目をした。

「教えるわけがない」

「お身内の方々は、翔さんと杏さんが心中なさるのではないかと心配しています。あなたがたを失うことを思えば、必ずご結婚を受け入れてくださいますよ。家族なんですから」

「……誰が、心中だと？」

「あなたがたの書き置きには、字が付け加えられていました。占いに抗《あらが》って、あなたがたを密《ひそ》かに応援する誰かが、お身内にいるのです」

「だが……」

ふたりは戸惑っている。そこで、赤い封筒に思い至った。趙家で月華に言われたとおり、ふたりは赤い布を身に着けている。瑠瑠は鞄を開いて、赤い封筒を取りだした。

「あら、それは！　私たちに？」

瑠瑠が持っている赤い封筒を見てふたりは驚き、とたんに笑顔になった。

女性が封筒を受け取り、中を開けると、美しい紙が一枚入っていた。

翔と杏が息を呑《の》む。

「この紙には、いったいどういう意味があるのですか？」

瑠瑠の問いかけに、ふたりが驚いた。

「どうして持ってきた当人の君が知らないんだ！」

「持ってゆけと言われただけで……」

「誰に？」

「趙家の月華お嬢様です」

「趙家のご令嬢が、私たちを祝福してくださっている？」

翔と杏が視線を交わした。瑠瑠にはよくわからないが、赤い封筒と美しい紙は、ふたりにとってよいものだったのだろう。

「わかってない顔だな」

翔が苦笑しながら瑠瑠に言った。

「あ、はい……」

「これは票《ひょう》といって、然《しか》るべきところに持ってゆけば、銭に変えることができるんだ」

「紅包《ホンバオ》は、そうね……赤は祝いの色なの。だから私たちは婚姻の赤色を身に着けているのよ。これはご祝儀袋だから、私たちの結婚を祝福してくださっているのだわ」

「はい！　おふたりの恋を、月華お嬢様も応援しておられます」

「趙家の後ろ盾を得た。我らは逃げなくてもよいかもしれぬ。帰れなければ、月華様を頼ればよいのだ」

「それでは、一度、家に帰りますか？」

ふたりは瑠瑠に同意した。

瑠瑠は翔と杏とともに祠廟を出た。それから義六に先に行くように告げると、翔と杏とともに流しの馬車に乗った。

ふたりが瑠瑠を置いて新しい世界に飛び出していくとは、今はもう考えられなかった。それでもふたりを最後まで見守っていたかった。この帰路が、祝福の花道になるようにと願った。

「おふたりはいつ頃出会われたのですか？」

瑠瑠は両親を思いうかべながら問いかけた。

「そうだな、物心つく前からだよ。当時は家が近くて、よく一緒に遊んだんだ」

「想いを交わすようになったのは、幼い頃から？」

「六歳くらいだったかな。近所で宴《うたげ》があった。そこに集まった数人の童子たちは宴に飽きて、一緒にままごとをすることになってね。杏がお母さん役で、お父さん役は誰にするか、という話になった時、私はその役を誰にも譲りたくないと思ったんだ。その気持ちは今も変わらなくて……」

翔はちらりと杏を見た。杏は嬉《うれ》しそうで、それでいて照れくさそうだった。

「私の家が引っ越すことになってからも、時々会っていたの。でも、好きなのは私だけかと思っていたし……三年くらい前からかな、翔様との結婚を意識しはじめたけれど、無理だって自分に言い聞かせた。だって私は貧しくて、しかも大足だから」

「杏のせいじゃない」

「それでも、あなたとはつりあわない」

翔が、「そんなことはない」と告げてから、瑠瑠を見た。

「杏が結婚すると聞いて、私は何を選ぶか決めたのだ」

翔は饒舌《じょうぜつ》だ。いままで、ふたりの関係は誰にも秘密だった。だから、誰かにこうして話をしたかったのかもしれない。

「だけど、……幼い頃はそんなことなかったのに。……翔様と結婚したいと願うようになってから、彼に近づくと阻まれる気がする時があった」

翔が杏の手をぎゅっと握りしめた。

「私、翔様との占いの結果を聞いて、その思いを強くした。けれど、天罰が降《くだ》ろうとも私は翔様を選ぶ」

「杏には持病があるんだ。それだけだ。占いの結果なんか気にしないでくれ」

「またその話？　持病なんてありませんよ」

「……そうかもしれないね」

翔が苦笑すると、杏が子猫みたいに愛らしく笑った。

「私が患っているなら、あなただって患ってるはず」

そうでしょうと、杏が悪戯《いたずら》っ子っぽく問いかける。

「なにを？」

「紅豆《こうとう》（小豆）が好きすぎる」

杏がきっぱりと言い放つと、翔はどこか泣きそうな顔をして頷いた。

「こうとうとは何ですか？」

「月餅の中身よ」

「おふたりとも、月餅がお好きなんですね」

「そうね」

くすくすと杏が微笑んだ。とても愛らしい表情で、瑠瑠も笑顔になった。翔もまた同じ気持ちのようで、幸せそうな顔をしている。

祠廟にむかう時には見ていなかった街並みが、心地よい。馬車はゆっくりと進んだ。

劉家に戻ると、両家の父母がそろっていた。

「私たちは、幼い頃に遊んでいた祠廟で祝言をあげました。夫婦と認めていただけますか？」

翔が杏の手を取りながら言うと、劉家の老婆が泣いて翔にとりすがった。

「戻ってくれてなによりだ。今日から劉家の家族がひとり増える！　それは、めでたいことだ！　占いなら、また日を改めておこなえばよい！」

劉家の身内も、杏の両親も、老婆に反論する者は誰ひとりとしていなかった。

なぜこうもあっさりと、ふたりを祝福できるのだろう。杏を頑《かたく》なに否定して、拒絶していたのに、あまりにも切りかえが早い。

それくらい、劉翔の死を恐れたのだろうか。死ぬくらいなら、なんでも許そうという気持ちになったのだろうか。

それに——瑠瑠は複雑な思いを抱いた。皆が喜ぶ姿を見るのは嬉しい。けれど、まだまだ劉家も杏の家族も、占いを信じている。

占いに人生をあずけるなんて馬鹿らしい。

「これで、家族がそろった！」

喜ぶ家族の中で、翔が一瞬だけ憂いの表情をうかべたのを、瑠瑠は見逃さなかった。

翔と杏をとりかこむ人々の輪をかいくぐり、翔の前に立った。

「踏雪も必ず見つけ出しますから！」

瑠瑠の宣言に、皆がようやく「そうだった」とざわめいた。

翔が瑠瑠に首をふる。

「もういいんだよ。これ以上、皆に迷惑をかけたくない」

優しいけれど、きっぱりと言いきられ、瑠瑠は言葉を失った。祝福のざわめきが、瑠瑠を人の輪からゆっくりと追い出した。

6

「劉家では、ふたりが戻ったことに誰もが喜んでいました。まるで、踏雪など初めからいなかったかのように」

瑠瑠が経緯を話すと、月華が扇を動かした。持ち手とは逆の掌に弾みをつけて乗せて、三度音をたてた。

「猫よりも大切なものが何か、わかったのだろう」

月華が足を組み替える。瑠瑠は視線を落としてから、遠くを見つめた。

「それは、翔さんと杏さんが、劉家で末永く夫婦として暮らすこと、ですか？」

「そうだな。杏は、一生を左右する幸運な未来を手に入れた」

「翔さんもですよね？」

「いや、違う。劉翔にはまだ、ほかの可能性がたくさんある。杏にはない。女の人生で最も華やかで幸福な時は、結婚の儀式だと世間は言う。それだけ、結婚は女にとって重要だ。離縁などされたら、その後生きるのに苦労することは目に見えているしな」

「翔さんは、杏さんを大事にします。離縁など考えられません」

「たしかに、夫の性格によって妻の境遇は変わる」

「それならば杏さんは必ず幸せになれます。だって、おふたりとも紅豆がお好きと聞きました！　好きなものが同じなら、どんな時でも通じあえるものがあるはずです」

月華が片眉を上げた。

「紅豆……おまえ、意味はわかっているのか？」

「月餅の餡《あん》ですよね。杏さんのほうは持病とまで言われていました！」

「くだらぬな。話はこれで終わりか」

月華の物言いに、瑠璃はぎゅっと拳を握った。これでは、哈爾の願いを叶えられない。けれど、行方不明の踏雪が見つかることは——それぞれの本心がどうであれ——望まれていない。

「踏雪は、このまま見つからないままなのでしょうか」

望まれていない踏雪の気持ちを考えると、きゅっと胸が締めつけられた。

「愚かだな。おまえは何を言っている？」

月華が扇で口元を隠した。その瞳はきらりと輝いている。

「私は事実を言っています。なぜ愚かなどと言われねばならないのですか？」

「勝手に終わりにされてたまるか。まだ謎は解けておらぬ。消えた猫がどうなったか心配ではないのか？」

　違うのかと迫られて、瑠璃は月華をまじまじと見つめた。

「それでは、月華様は心配なのですね！」

　思わず頬を緩めると、月華が声をあげた。

「まさか！」

　それから、月華は鈴の鳴るような声で品よく笑った。

　瑠璃は奥歯を噛んだ。

「わかりました、私は心配なので、ひき続き探してみます。どこに行けばよいのですか？」

　探すと言いながら、月華の慧眼《けいがん》に頼らねば何もできない。ぐっと唇を噛み、そうと知られないようにすぐに力を抜いた。

「そうだな、策を考えておく。今日は帰れ」

　猫を追い払うように扇を動かされ、瑠璃は帰路についた。

　家に到着してから、哈爾の房室（部屋）の扉を軽く叩《たた》く。奥から哈爾の「どうぞ」という声が聞こえた。

扉を開けて、哈爾の房室に入った。

哈爾は椅子に腰掛けて、卓の上にある書物を読んでいた。哈爾が本を置いて、瑠璃のほうを見る。期待に満ちた瞳だ。瑠璃は落ちこんだが、言わねばならないと唇を開いた。

すべてを話し終えると、哈爾は瞼を伏せて、瑠璃に慈愛に満ちた微笑みをむけた。

「ありがとう。猫探しはもう終えよう」

哈爾が椅子を立ち、瑠璃の肩に手をあてた。

「お兄様は、可哀想《かわいそう》な猫をそのままにしてもよいとお考えなのですか?」

「私だけでも気にかけてみるつもりだよ」

哈爾の言葉に勇気をもらった。哈爾は簡単に諦めるような人ではない。たとえ、故国から異国へと移り、身のまわりのすべてが変化したとはいえ、哈爾の芯は変わらない。

「月華お嬢様と私も、まだ諦めていません!」

瑠璃が断言すると、哈爾が少し目を見開いてから、落ち着いた声で言った。

「月華様とは、良い関係を築けているようだね」

「冗談はよしてください!」

「……それは悪かったね。けれど、瑠璃の頼みだからこそ、月華様は聞きとどけてくださったのだろう?」

瑠璃は「絶対に違います」と哈爾を見上げた。

「月華様には、代価を求められています」

「それは……いったい幾らなんだい？」

「お金じゃないものを！」

「そうか。月華様はそういうかたか。僕にできることなら何でもするから。困ったことがあったら、必ず話してほしい」

身内びいきかもしれないが、瑠瑠にとって哈爾は善人だと思える。だからこそ、哈爾がそこまでしようと決めた相手が気になった。

「お兄様はどうして、劉家の息子さんのためにそこまでしようと思われたのですか？」

哈爾は「そうだね」とゆっくりと頷いて、窓の外を見てから、照れくさそうな顔をした。

「小父様の繋がりで紹介されたんだ。将来、翼は仕入れを任されるそうでね。それまで、この国の人は、僕をまるで商品であるかのように値踏みした。けれど、翼だけは、違っていた」

「どんなふうに違うのですか？」

「翼に、遊びに行こうと誘われたことがあった。だけど、小父様との仕事が長引いてしまって、約束の時間から半日ほど遅れてしまった。もういないだろうと思ったが、翼との待ち合わせ場所にむかったのだ。翼はまだそこにいて、必ずくると信じていた、と言った」

瑠瑠は甘美な菓子を口に含んだ時よりも、幸せな気持ちになった。

「翼さんには守っていただきました。あのかたが望むなら、私も叶えたいです」

「たとえ、兄上が戻られたことが劉家で最も喜ばしいことだとしても、踏雪が見つかればもっと嬉しいはずだ。だから、私はまだ探すよ」

「私も探します。月華お嬢様も、まだ解決していない謎があるなら、解きたいとお望みのようですから」

「僕に払える代価であることを祈るよ」

「私たち、ですよ、お兄様」

7

朝食を終えた瑠瑠は義六の馬車に乗り、趙家を訪れた。房室に通されると、月華が椅子に座っていた。

「よいものを見せてやろう」

どこか悪戯めいた表情に、今度は何が起きるのだろうかと瑠瑠は身構えた。

まもなく、小愛が籠を携えてやってきた。

「借り受けてきた。抱いてみろ」

小愛が籠を床に置いて蓋を開け、白い子猫を取り出した。踏雪ではない。子猫は、首に赤い絹の首輪をつけている。瑠瑠のほうを見て、可愛《かわい》らしく鳴いた。

瑠瑠は、自分の顔が柔らかくなるのを感じた。

「私が抱いてもいいのですか？」

「引っ掻《か》かれても知らぬがな」

「かまいません！」

瑠瑠は小愛から子猫を受け取った。想像以上に軽い。ふんわりとして、艶のある毛並みだ。そっと抱きしめると、子猫は甘い声をあげた。

「ああ、もう、食べちゃいたいくらい可愛い」

瑠瑠の言葉に、月華が「そうだな」と同意した。けれど、月華の表情は、まるで瑠瑠に対する呆《あき》れがにじんでいるかのようだった。はしゃぎすぎたかと、瑠瑠は照れたが、それでも子猫の愛らしさの前では気にならなくなった。

「林杏について調べさせた。林家は茶をあつかう大きな店だった。かつては、劉家と親しかったが、林家は投資に失敗して破産した。今は、杏は両親と代書屋をしている。おまえが言うには、翔と杏は、子猫のような時分に出会い、情を育んでいったそうだな」

「はい。それなのに、占いなんかがふたりの恋を阻もうとしました！」

瑠瑠の強い口調に驚いたのか、子猫が腕の中から飛び出していった。小愛がすぐに捕らえて抱える。子猫は小愛の腕の中で大人しくなった。

「恋ね。……紅豆か。占いを信じずに、ふたりを応援したおまえだからこそ、そのような話をしたのだろうな」

月華は小愛を見てから、うっすらと微笑んだ。

「小愛、こちらへ」

月華が呼んで、小愛に何やら耳打ちをした。何を話しているのか気にはなったが、聞いても答えてはくれないだろうと瑠瑠は問うことをやめた。

瑠瑠が見守っていると、小愛が赤い包みと手提げ籠を持ってきた。

「子猫を籠に入れろ」

手提げ籠の蓋が開かれ、猫が中に入れられる。その手提げ籠を、小愛が瑠瑠にむけた。

「月華様の子猫ではないのですか？」

「私にはすでに大きな猫がいる。これ以上は飼わぬ。おまえは子猫と月餅を持って、もう一度、杏のところに行け」

「では、……この子猫は踏雪のかわりに？」

瑠瑠は眉をよせた。すると、月華は瑠瑠を鼻で笑った。

「愚かだな。この猫には帰る家がほかにあるから渡さないさ」

「それはよかった！」

「月餅を渡しに来たと告げて家に入ったら、杏とふたりきりで話したいと言うんだ。そこで子猫を抱かせろ。杏は涙を流すはずだ。もしそうなったら……私の見立てでは必ずそうなるはずだが、この都で最も高級な広東《カントン》料理屋を調べて、急げ。翔には知られるな」

「……どういうことですか？」

「杏は気づいていないようだが、翔は薄々わかっている。紅豆の間柄なのだから」

「月華様、私にもわかりません」

月華は「そうだろうな」と目を細めた。

「紅豆とは、どういう意味なのですか？」

「王維《おうい》という人物が詠んだ詩だ。『相思《そうし》』という題の詩の中に、紅豆が出てくるものがある。相思と紅豆は掛詞《かけことば》になっていて、その意味は、想いあうふたりのことだよ」

「ああっ、だからおふたりは、お互いのことを紅豆と言ったのですね。もしかして、私は仲の良さを見せつけられていたのでしょうか？」

「嫌だったか？」

「嬉しいです。幸せな話を聞くのが、私は好きです」

瑠璃が断言すると、月華が肩をすくめた。

「この袋を渡しておく。おまえは広東料理店についたらその袋を開け、さらに趙家の名を告げて料理長を呼び、最も極上な食材を、生きたまま見たいと言うんだ」

「なぜ、食材を？」

「まだわからないか？　華北《かほく》では考えられないが、広東料理では、猫を食材にするんだ」

「……嘘《うそ》でしょう？」

「さあ、急げよ！　あまりの可愛さに、猫が食べられてしまう前にな！」

8

瑠瑠は義六をせかして、劉家にむかった。すでに、瑠瑠が趙家の遣いであると知られているので、たやすく迎えいれられた。

瑠瑠は月餅を使用人に渡して、

「杏さんに会わせてください」

と願った。

まもなく、瑠瑠は杏の房室に通された。瑠瑠の房室と同じくらいの広さがあり、寝台と箪笥《たんす》が置かれている。窓は開かれており、風通しがよい。

瑠璃は杏に近づいて籠を床に置くと、拝礼をした。途端に、杏がくしゅんとくしゃみを始めた。その音に驚いたのか、籠の中の猫が「にゃあ」と鳴いた。

「あら可愛い声。猫ちゃんね？」

「はい。それも、子猫なんです」

杏が瞳を潤ませ、目尻を掻きはじめた。

「大丈夫よ、すぐに治まるから」

月華に言われたことが現実になった。

瑠璃は「失礼します！」と叫ぶと、劉家を飛び出た。

「月華様のおっしゃる通りだった。義六、急いでちょうだい」

「どうして広東料理店なのですか？」

「猫を食べるからよ！」

子猫の入った籠を胸に抱き、瑠璃は広東料理の店を探した。

義六が道すがら、人に「この都で一番の広東料理店を知らないか？」と呼びかける。

その返答は、常に同じとは限らなかったが、それでも偏りはあった。

瑠璃と義六は、万陳楼《まんちんろう》に急いだ。

義六が店の側《そば》に馬車を停めた。瑠璃は「大事にね」と告げて、馬車に籠を置くと、店の中に入った。

「店長さんはいらっしゃるかしら。どうしてもお会いしたくて、呼んできてほしいのよ」

店員は瑠瑠の顔と姿を見て、少し嫌そうな顔をした。

「異人が、広東料理を食べに来たのか?」

「これを見てもらえばわかるでしょう?」

瑠瑠は月華からあずかった小袋を開いた。中には銭がはいっており、店員の目がきらりと変わった。

なるほど、賄賂か。

瑠瑠は納得して銭を数枚摑むと、店員の手に握らせた。

「趙家のお嬢様がお望みです。このお店で最も極上な食材を、生きたまま見たいと」

瑠瑠が告げると、店員は急いで厨房《ちゅうぼう》のほうへ走っていった。

まもなく、籠を持った中年の男性があらわれた。瑠瑠の前で、籠の蓋を恭《うやうや》しく開けて見せる。

「こいつですよ。旨《うま》そうでしょう?」

瑠瑠は籠の中に手を入れた。猫は抵抗しなかった。黒い毛並みに、月華が言ったとおり、手足は白い靴下をはいたような柄だった。

「特別なお客様に出すために、今まで生かしておりました」

店長が媚《こ》びた顔をした。その顔は瑠瑠ではなく、小袋にむけられている。どれくらいの金額が出せるのかと値踏みされている気がした。「袋のすべてを」と言われそうだ。

「にゃあ」という鳴き声に、瑠瑠は我に返った。

「踏雪？」

問いかけると、不安げな顔をした踏雪と目があった。今この時、この子を助けられるのは瑠瑠しかいない。この子を助けだせば劉家の人々はどれほど喜ぶだろう。

「この猫は盗まれました、飼い主のもとに戻します」

踏雪はもともと劉家の猫だ。お金を払う必要はない。

「何を言うんですか、私は大金を払ってこの猫を仕入れたんですよ！」

「ですが……」

「ほしけりゃ、代金を払ってもらおう！」

店長が口調を変え、太い腕をふりかぶった。殴られる、と瑠瑠はびくりと肩をふるわせた。だが、店長は瑠瑠を傷つけはしなかった。そのかわり、目を血走らせて瑠瑠を見下ろしていた。

大きな男に威圧される。もしここに李石がいたなら、盗品だからと有無を言わさず、猫をつれ帰ることができただろう。けれど、この国での瑠瑠はなんの力も持たない異国の少女だ。

手の中にある金の入った小袋が、ずしりと重みを増した気がした。瑠瑠は月華の持つ力を振るう以外に術《すべ》を持たない。

瑠瑠は踏雪を買いとるしかなかった。月華からあずかった小袋をそのまま店主に渡す。

「最初から素直にそうしていればいいんだ」

店主は小袋を覗きこみにんまりと笑うと、しかたがないから渡してやると言わんばかりの横柄さで、猫を瑠瑠に押しつけた。

助け出せたけれど、瑠瑠はやるせない気持ちで踏雪を受け取った。柔らかく温かい毛並みを撫で、白い子猫の入っている籠に踏雪を加える。互いの匂いを嗅ぎ合う二匹の様子を見つめた。踏雪を救えたからよかったのだと、瑠瑠は自分に言い聞かせた。

猫をつれ帰った劉家で、瑠瑠は歓迎された。院子にむかうと、李石と部下がいて、瑠瑠に気づいて手招いた。

「月華様に言われて、占い師を調べた。占い師は各家庭で得た情報を使って、自分の占いが当たるようにみせかけるだけでなく、情報を売って小銭を稼いでいた」

「その占い師は、どうなったのですか？」

「もう捕らえたさ。猫を食うなど信じがたいが、貧相な猫より肥えた猫のほうが旨いそうだ。愛されている猫なら格別だとな。けれど、そういう猫はめったに売りに出されない。広東料理屋は、とびきりの食材を得て、店の格をあげたいと占い師に願った。占い師は劉家の方角を教え、ふさわしい素材がいると教えたのだ」

「踏雪が消えたのは、すべて占い師が原因だったのですね！」

「広東料理店の下男が猫を探して歩いていると、劉家に行き当たった。踏雪が飼われていることは、近隣の者は知っていたから、金を摑ませて聞いたのだろう。こっそり劉家に忍びこんで、猫を盗んでいった」

皆が納得するが、翔だけが、うかない顔をしていた。

「翔さん、どうされたのですか？」

「私は一瞬だけ、踏雪がいなければいいのに、と思ってしまったのです。だから、消えてしまったのだと思い、苦しんでいました」

「なぜ踏雪を邪魔だと思ったのですか？」

「杏は、私に近づくと、何故か涙を流すことがあった。悲しいわけではないと杏は言ったけれど、信じられなかった。次第に、違和を覚えるようになった。杏自身もわかっていないようだったが、涙を流すのは、劉家で踏雪を飼いはじめてからだと気づきました。いや、そう思えてしかたがなかった。だって、杏と私は、紅豆ですから。杏の弱みを知られたら、劉家は杏を退けるために踏雪をけしかけたでしょう」

「杏さんの体は、猫と相性が悪いのですか？」

たしかに体の調子が悪くなるところを、瑠瑠は目の前で見た。薬屋の翔は、人の体調に敏感だろうし、紅豆が親しみを意味しているなら、それくらい杏のことを見ていたのだ。

「踏雪は大事な猫だけれど……杏とは暮らせません。けれど、踏雪も大切な家族です。だから、私たちは家を出ます。跡継ぎは翼に」

院子の皆は、杏に視線をむけた。

杏は微笑み、踏雪に近づいた。

「私の体が猫と合わないなんてありえません。大丈夫です。私たち、一緒に暮らしましょう？」

杏は踏雪を撫でた。しかし、すぐに目を押さえる。

涙が杏の頰を流れていった。

翔が、「離れなさい」と杏の腕を引いて、踏雪から離した。

瑠瑠は困った。翔と杏の幸せを守りたい。けれど、踏雪を大事にしてほしい。広東料理店に渡すなど、もってのほかだ。

新しい飼い主を探すしかない。

瑠瑠は決めた。

9

義六が帰宅を知らせる声に、哈爾がすぐさま街路まで出てきた。

「瑠瑠、どうだった？」

期待を感じさせる瞳で哈爾が瑠瑠を見た。その表情は、瑠瑠の心を痛めた。瑠瑠の持つ手提げ籠の中から、「にゃあ」とどこか悲しげな声があがった。

「猫？」

「そうなんです、お兄様」

瑠瑠は籠の蓋を開けた。中には踏雪が入っている。まるで瑠瑠と哈爾の会話が理解できているかのように、身を縮めさせていた。もしくは、見覚えのない哈爾と異国の香りがただよう街の風景、それらすべてが恐ろしいのかもしれない。

「誰が踏雪を愛してくれるか、わからなくて」

瑠瑠が経緯を話すと、哈爾が悲しそうに踏雪を見下ろして、その頭を撫でた。

「この猫は誰にも望まれていない」

「ええ、誰からも必要とされていない。人の都合で……」

「ふたりとも、話は家の中でしなさい」

顔をあげると、哈爾の背後に小父が立っていた。腕を組み、苦笑している。

「それで、月華様の後ろ盾は得られたのかい？」

「えっ？」

「瑠瑠が奔走しているあいだに、趙家の遣いが劉家にむかい、後ろ盾になると伝えたはずだ。趙家に認められたら、劉家も結婚を認めるはずだが」

「わかってらしたのですね！」

月華は小父のことを、策士だと評していた。

小父が優しい目をした。

皆を助けてくれた小父だから、踏雪のことも助けてくれるかもしれない。

「……小父様、あの……この猫をここで飼ってもよいでしょうか？」

小父がすっと目を細めた。

「家猫を飼うには覚悟が必要だよ。餌だけでなく、病気になったら薬代もいる」

いつもとは違う厳しい声に、瑠瑠の背筋が伸びた。

「故郷から持ってきた、私の装飾品を売ります」

「遠いところまで持ってきた大切な物だろう？　猫のためにそれらを失ってもいいのか？」

嘘偽りを許さぬ瞳が、瑠瑠を射抜く。瑠瑠はその眼光を真正面から受けとめた。

「かまいません！　命のほうが大事です」

小父は「ふむ」と頷いて、

「そこまではしなくていい。その決意があるなら、この家で飼ってもいいよ」

と言った。

瑠瑠は小父を見た。

哈爾も小父を見ている。

「そんな目で見ないでくれ」

小父が笑って、手招いた。瑠瑠が近づくと、小父は籠の中に手をいれ「怖くないよ」

と告げると踏雪を抱きあげた。

「おとなしい猫だね。今日からおまえは我が家の家族だよ」

瑠瑠は飛びあがり、哈爾と視線をあわせた。

「ありがとうございます、小父様！」

ふたりの声はそろった。小父は大らかに頷いた。

「さぁ、おまえたちもおいで。皆で、十五夜の月餅をいただこう」

踏雪を抱いたまま家の中に入っていった。

「ありがとう、瑠瑠」

「いいの。お礼なら、小父様に。それに……月華お嬢様にも報告しなきゃ。助けられてしまったのだから」

たとえ暇つぶしでも、月華は劉家を救い、踏雪を見つけて、間近にせまる死から助けてくれた。

瑠瑠は自分の体が、喜びに膨らんだ気がした。理由はどうであれ、月華は、皆に優しかった。だから、心からの感謝を伝えなくては。

第四話

1

朝、目覚めて身を起こすと、猫の踏雪《とうせつ》が瑠瑠《ルル》の足に背中をあずけて眠っていた。小さな声で呼びかけると、耳をわずかに動かして、うっすらと目を開けた。だが、瞼《まぶた》はゆっくり閉じられる。

踏雪が呼吸をするたびに、背中が上下する。まだ寝ていたいのだろうか。瑠瑠の側《そば》で安心して休んでいるのが可愛《かわい》い。好きなだけ寝かせておこうと、音をたてないように身を起こし、床に足をつけた。

静かに着替えをはじめたとき、愛らしい鳴き声がした。

ふりかえると、踏雪が瑠瑠を見上げている。

「起こしちゃった？」

呼びかけると、踏雪はのそっと寝台をおりた。瑠瑠のもとまで、ぽてぽてと歩いてくる。瑠瑠は膝をつき、踏雪の顔を撫《な》でると、尻尾の付け根をとんとんと叩《たた》いた。踏雪が甘えた声をあげる。こうされるのが好きなのだと、兄の哈爾《ハル》が、劉家《りゆうけ》の翼《よく》から聞いてきた。

瑠瑠たちが踏雪をひきとると決めて以来、劉家は、踏雪の好きだった食べ物や玩具《おもちや》をたくさんよこしてくれる。運んでくるのは翼なので、哈爾は友人に会える機会が増えて嬉《うれ》しそうだ。そんなふたりを見るのが、瑠瑠も嬉しい。

兄たちは踏雪を可愛がるのだが、踏雪としては飼い主を瑠瑠と定めているのか、瑠瑠がいるとすぐ彼女のもとに近づいてくる。

家族には内緒だが、踏雪が瑠瑠を特別に思っていてくれることが、とても愛《いと》しい。

「一緒に来る？」

踏雪が瑠瑠の足に身をすりつけた。「是《うん》」の返事だと予想をつけて、瑠瑠は自室を出た。まだ薄暗い。院子（庭）から涼しい風が吹いてきた。瑠瑠は息を深く吸ってゆっくりと吐く。夜明け前の澄んだ空気が好きだ。

瑠瑠は足早に回廊を歩いた。礼拝の間につくと、すでに小父《おじ》の康思林《こうしりん》がいた。

「おはよう、瑠瑠」

「おはようございます、小父様」

瑠瑠が告げると同時に、母と兄もあらわれた。皆で、絨毯《じゅうたん》の敷かれた床に膝をつき、祈りの言葉を口にする。

故国のときと変わらぬ創造主とのやりとりが、新天地での瑠瑠の不安や恐怖を受けとめ、癒やしてくれる。

踏雪は何か感じるところがあるのか、この房室（部屋）に来ると淑《しと》やかになって、皆が礼拝を終えるのを待っている。

幸福だ、と瑠瑠は微笑《ほほえ》んだ。創造主のもと、こうして家族と祈りを捧《ささ》げることができる。この北京《ペキン》に来る理由となった父の死は、いまだに瑠瑠の心の傷となっているが、それでも今、瑠瑠は自分が恵まれていると感じた。

祈りを終えると、小父に呼ばれた。

「少しいいかい？　院子で話そう」

「わかりました、小父様」

瑠瑠と小父は、礼拝の間から院子に出た。

「お願いがあるんだが。食事を終えたら、趙家にむかってくれないか？　月華様が瑠瑠をお呼びでね」

「どのような件で私が呼ばれているのか、ご存知ですか？」

「それが、知らないのだよ」

「わかりました、小父様。行ってまいります」

小父の役に立つことをしたい。それは、喜んでほしいからだ。瑠瑠たち家族が助けられていることに、お礼がしたいからだ。それに、小父は瑠瑠に踏雪を飼うことを許してくれた。その恩に報いたい。

趙家に赴くことに、最初の頃より迷いはなくなった。

食事を終えると、瑠瑠は絹布を頭にかけて家の外に出た。外はすっかり明るい。瑠瑠は義六《ぎろく》の馬車に乗った。

「ねぇ、義六。月華お嬢様は、今度はいったい何をお望みなのかしらね？」

瑠瑠がこぼすと、義六が心配そうな顔でふりかえった。

「あまり無茶なことを言われないとよいのですが」

「そうね」

とはいえ、無茶なことであっても、やるしかない。断ることなど考えられない。望まれているうちは、月華の求めに応じるほかない。

2

馬車が趙家に到着すると、瑠瑠はひとりで門にむかった。

瑠瑠の姿を見た門番が、すぐに通してくれた。もう名乗らなくても入ることができる。それだけ何度も来たという意味だし、それだけ何度も月華に無茶な要求をされた証《あかし》でもある。

今日は何を申し付けられるのだろう。瑠瑠は想像しようとしたが、やめた。いくら考えても、月華の望みなどわからない。月華は、いつだって、瑠瑠の想定の外にいる。

まもなく侍女がやってきて、月華のいる院子に案内してくれた。

月華は椅子に腰掛けていた。傍らには小愛《しょうあい》がいて、談笑している。小愛と話す月華の顔は、瑠瑠にむけるのとは違っている。全幅の信頼と情愛を形にすると、今の月華の顔になる気がした。

月華と小愛の間には、並々ならぬ絆《きずな》があるとみえる。傍らで見ていると、瑠瑠の唇はほころぶ。

月華の足は纏足《てんそく》されている。その上、この屋敷のお嬢様だから、望みのまま外に出ることはできない。狭い世界に住まう月華によりそう人がいることは、憂いの中の一筋の救いだ。

侍女が瑠瑠の到着を月華に伝えた。

月華が瑠瑠を見て、一瞬だけ、にやりと笑った。小愛にむけるものとは違っていた。どこか、面白い玩具を見つけた、悪戯《いたずら》っ子のような表情だ。

嫌な予感しかしない。

「私の猫よ、こちらにおいで」

あいかわらず猫と呼ばれる。人あつかいされないことに苛立《いらだ》ちを覚えたが、命じられた通り、月華の足元に座った。

「秋だというのに暑いな」

「ええ、そうですね」

「では、涼しくさせてやろう」

「それは、どういう意味でしょうか？」

月華の赤い唇がにっこりと笑顔を形作った。艶《あで》やかだが、どこか作り物めいている。

嫌な予感はさらに増して、瑠瑠は不安になった。

「兄から面白い話を聞いた。近年、北京の街に廃墟《はいきょ》が増えているそうだ。その中のひとつが、ここのところ急に妖怪屋敷と呼ばれるようになった。その屋敷からは、発情した猫のような、不思議な叫びが聞こえるらしくてね」

月華の瞳が輝いた。

「廃墟に何が起きたのか、謎だ。近所の住人たちが調べたが、どこにも異変などなかった。猫鬼《びょうき》の仕業だろうと噂《うわさ》になった。今は、童子《こども》たちが屋敷に入りこんで、度胸を試す場所になっている。気になるだろう？」

「いえ、まったく」

そう答えながらも、瑠瑠は実のところ気になっていた。

瑠瑠の考えを見透かしたかのように、月華が「嘘《うそ》つきめ」と足を組み替える。そこに見えるのは小さな足だ。この足では、好奇を覚えても、自分では見に行けない。誰かが、月華の足となり、外にでかけるほかない。

「わかりました、月華お嬢様。私が行ってまいります」

腰をあげかけた時、ふと月華の言葉を思いかえして問いかけた。

「涼しくなるとは、どういう意味ですか？」

「人はぞっとするものに出会うと、ぞくぞくと体が冷えると言われる。だからだよ」

「……そんなところに、私を行かせようとするのですね」

「簡単なお遣いだ。童子の遊び場なのだから、危険は少ない。それに、おまえが私を楽しませれば、おまえの小父も喜ぶのではないか？」

瑠瑠は眉をよせた。月華の家である趙家の機嫌を損ねては、北京だけでなく、清《しん》王朝が支配するこの中国での取引に支障が出る。

「まぁ、怖くなったら戻ってくればよい。小愛、道具を用意して、瑠瑠に渡せ」

「かしこまりました」

小愛が肩掛けの鞄を持ってきたので、瑠瑠は中を確認した。

手燭《てしょく》、携帯用の墨と筆、白紙の紙束が入っていた。

「これは私に、妖怪屋敷の絵を描いてこいとご命令なのですね」

「わかっていることを、あえて問う必要はない」

瑠瑠はぐっと奥歯を噛《か》んだ。手燭があるということは、妖怪屋敷はずいぶんと暗いとみえる。

それでも、やるしかない。

「童子がいたら、噂について聞いてこい」

「はい。それでは、行ってまいります」

瑠瑠が立ちあがったところで、月華が懐から何かを取り出した。

「手を出せ。これも貸してやろう」

花の文様が刻まれた翡翠《ひすい》の垂飾《すいしょく》が、瑠瑠の手に載せられた。

「……首飾り、ですか？」

「魔除《まよ》けだよ。妖怪屋敷に行くのだから、念のためにな」

月華は妖怪の類いを信じていないはずだ。それなのにこんな物をよこすとは、それだけ瑠瑠を怖がらせようとしているのだろう。

瑠瑠は垂飾つきの首飾りをさげ、鞄を肩に掛けると、趙家の院子から外に出た。

義六に声をかけて馬車に乗り込む。

「今日は妖怪屋敷よ」

「妖怪屋敷って、もしやあの納蘭家《ナランけ》の屋敷じゃないでしょうね」

「納蘭家？」

「納蘭・蘇克薩哈《スクサハ》という大臣の家系です。大罪を犯して一族もろとも処刑されたのですが、そのために呪われてるだのなんだの噂になっていますよ」

「もしかして、義六は妖怪が怖いの？」

「お嬢さんは怖くないんですか？」

「あまり心配はしていないの。だって、童子だって度胸試しに行く場所でしょう？　私は、この国の妖怪には馴染《なじ》みがないし、それほど恐ろしくもないのよ。それに、呪いや妖怪なんて創造主と結びつきがないもの」

「お嬢さんは、度胸がおありですね」

「そうね、出してちょうだい」

　義六は瑠瑠を何度もふりかえったが、まもなく馬車は走りだした。

3

　妖怪屋敷は、北京市内の北東にあった。瑠瑠が到着した時には、陽光は勢いを増し始めていた。朝は涼しかったが、これから昼にかけてさらに暑くなっていくはずだ。

瑠瑠は妖怪屋敷を正面から眺めた。塀は瑠瑠の背丈よりも一尺（約三五センチメートル）ほど高い。塀のむこうから、木々の枝葉が見えた。剪定《せんてい》は長いことされていない。木々の奔放なありかたには、部外者である瑠瑠を拒むような印象があった。

どのような屋敷なのか、月華は噂話だけで、詳しくは教えてくれなかった。何も知らない異国人の瑠瑠が、何を見つけて帰ってくるかを、楽しみにしているのだろう。

先にすべてを話してくれれば、心の準備ができる。けれど、慌てるところも含めて面白がっている。月華が喜ぶのは、嫌ではない。だが、そのために苦労するのは嬉しくない。

胸中には複雑な感情が渦巻いたが、月華の好奇を刺激する役務を果たさねばならない。月華のためよりは、やはり小父のためだ。小父のためとは言いつつも、それらは瑠瑠と家族のためかもしれなかった。この国で衣を得て、食に恵まれ、住に困らず、安心して暮らせるのは、小父が支えてくれるおかげだ。

「それじゃあ、行ってくるわね」

「やっぱり、いけませんって。お嬢さん」

「心配しないで、義六」

「無理なことを言わないでください」

義六は泣きそうな表情になった。

「義六はいつも優しいわね」

「ああもう、妖怪屋敷にひとりで行こうとなさるなんて！」

瑠璃は「義六は馬車を守っていて」ときっぱり告げて、妖怪屋敷の門にむかった。

門は南面しており、日に焼けて色褪《いろあ》せている。人が手入れをしなくなって、どれだけたったのだろう。

瑠璃は一度立ちどまってから、門扉を開いた。きしむ音が聞こえて、どきりとした。

ここは何か理由があって人に捨てられた場所だが、人が去った今も他者の家に無断で入るのは気がとがめた。だが、ためらっていても、何も始まらない。

門の中に足を一歩踏み入れると、正面に壁があり、左手に続く細い石畳の通路があった。つきあたりには、一本の大きな木が植えられている。足元には枯葉が積み重なり、両脇には瑠璃の膝あたりまでの秋草が生えている。

瑠璃が通路を歩むたびに、枯葉が音を立ててつぶれた。瑠璃のほかにも人が来ていると聞いた通り、細かく踏みしめられた枯葉があって、奥へと続いていた。

その上を進むと、今度は丸門があらわれた。

外に通じる門扉から、だんだんと離れていく。瑠璃は心細くなり、来た道をふりかえった。

ふと、邸内から声が聞こえた気がした。瑠瑠が急いで丸門に視線をむけると、草をかきわける音がした。

何かがいる。

瑠瑠は慎重に、丸門をくぐって院子に出た。四角い院子にも石畳が敷かれている。院子を十字の形に切り分けるようにして、色の違う石が使われていた。院子の東西と正面には建物があり、回廊がめぐらされている。

何の音なのか。

緊張をする瑠瑠の前に、灰色の猫があらわれた。猫は立ちどまって、警戒の眼差《まなざ》しで瑠瑠を見つめると、そのまま するりと草の陰に消えていった。

「あの猫が妖怪？」

問いかけても答えは返らない。あたりまえよね、と瑠瑠は息を長く吐き、敷地内を見回した。

院子の石畳の隙間から背の低い草が姿をのぞかせていた。石造りの卓と椅子が置かれていて、院子に影をおとす形で木々が鬱蒼《うっそう》と生えていた。昼なのに薄暗い陰鬱さが、人を怖がらせるのかもしれない。

卓の上に散った木の葉を手で払うと、鞄から中身を取り出して卓に置いた。手燭を持って、東西にある建物を調べるが、どちらに入っても中に何もなかった。もとは倉庫のようなものだったのだろうか。

瑠瑠は東西の建物の図を紙束に書きつけ、次いで灰色猫の絵を描くと、正面の母屋の扉を開けた。

暗い室内にさっと光が飛びこんだ。蜘蛛《くも》の巣が房室中に張り巡らされており、厚く積もっていた埃《ほこり》が舞いあがる。長くいると気分が悪くなりそうだ。瑠瑠は急いで中に入った。

中央には、広い居間のような房室があり、幅の広い台が設置されている。祭壇だろうか。布が掛けられており、傷んで裂けていた。ほかには、小皿や蠟燭《ろうそく》や線香が散らばっていた。

居間の左右の壁には扉がふたつずつ造られている。瑠瑠はまず、左側奥の扉を開けて、ひそやかに房室を覗きこむ。

寝台の骨組みだけが置いてあり、倒れた棚があった。何もなく、空虚でどこか寂しい。

その隣の房室の扉を開けた。中には寝台と倒された円卓、壊れた椅子が置いてあった。化粧台と思《おぼ》しき家具の鏡は割れていて、床に玻璃《ガラス》の破片が散らばっていた。棚の抽斗《ひきだし》は抜きすてられ、衣服が床に落ちていた。

瑠瑠は警戒をしながら、次に右奥の扉を開いた。扉がきしむ音が、思いのほか大きく響いた。

小ぶりの寝台が置いてあり、開け放たれた箱がある。

瑠瑠は足を踏み入れて、箱の中を覗いた。

独楽と馬を模した木製の玩具が転がっている。

「これ、道でみんなが遊んでいた……」

瑠瑠は移動中の馬車から、路地で遊ぶ童子たちが独楽を持っているのを何度も見かけた。この房室を使っていたのも童子だろう。今は、いったいどうしているのだろうか。

想像しながら房室を出て、母屋の最後の房室を開いた。

「ひぃ！」

瑠瑠の目の前に、手燭を持った女性が立っていた。手燭の光が、女性の姿をぼんやりと照らしている。

頭の中が、まっしろになり、どっと汗がふき出てきた。腰が抜けそうになったが、必死に踏みとどまる。

瑠瑠は、女性をしっかりと見つめた。瑠瑠より少し年上と思しき女性だ。髪を結いあげ、品の良い旗袍《チーパオ》を身にまとっている。彼女はこわばった顔をして、瑠瑠を見ていた。

「あなたは、異国のかたね？　どうしてここに？」

女性がふるえる声で言った。

「私は、命じられてこの家を調べていました。あなたはどうして？」

「友人たちとの賭けに負けて、妖怪屋敷をひとりで探索するように命じられたのよ」

「えっ？」

まさに、瑠瑠が月華に命じられた内容と同じだ。瑠瑠には女性の心細さが理解できた。

「それに、猫の声がして、足がすくんでしまって、動けなくなって……」

「私も見ましたが、それはただの猫ですよ。怖がる人を、こんなところにひとりで行けだなんて、ひどいですね」

「そうよね……ひどいわよね」

「その友人は、本当の友人とは言えないですよ」

「そうかもしれないわね」

女性は友人たちに失望したのか、声を落とした。

「そうですよ。さぁ、外に出ましょう」

瑠瑠は女性を安心させるために微笑んだ。女性は、そっと目を伏せた。彼女は妖怪を信じていて、今も恐怖を覚えている。

「私は瑠瑠と申します。あなたは？」

「梨児《りじ》です」

瑠瑠は梨児を支えて母屋を出た。

4

妖怪屋敷の外は眩《まぶ》しく、暖かかった。瑠瑠は体のこわばりが緩んでいくのを感じた。妖怪など信じてはいないが、梨児との遭遇には驚かされた。

「ありがとうございます、瑠瑠さん」

「いえいえ。もう大丈夫ですよ」

瑠瑠の言葉に、梨児が頷《うなず》く。その顔はまだ青い。いかに不安だったかを悟って、瑠瑠は哀れみを感じた。

瑠瑠は手早く荷物をまとめると、梨児とつれだって正門にむかった。

「お嬢さん、そのかたは？」

「梨児さんよ。すぐに流しの馬車を呼んできて。このかたを家まで送ってさしあげたいから」

「いえ、瑠瑠さん。私はこのまま帰りますから」

「ご無理をなさらないでください」

「本当に、家はここから近いので」

固辞されては、何も言えなくなった。初対面であるし、瑠瑠の見た目は異国人だ。心細いとは言い出しにくく、虚勢をはっているかもしれない。

　無理を通せば押しつけになる。けれど、彼女が遠慮をする性格なら、不安でついてきてほしいのに言い出せない場合もある。

「どうか、ご一緒させてください。そんなに顔色の悪いかたを、ひとりで帰すわけにはいきません」

　梨児は困った顔で何も言わない。沈黙を肯定ととらえて、瑠瑠は義六に流しの馬車を呼ばせた。

　流しの馬車を待っていると、梨児が瑠瑠をちらちらと見た。瑠瑠に興味があるのだろうか。そうならば、嬉しい。瑠瑠は故郷にすべてを置いてきた。哈爾には翼、月華には小愛がいるが、この国に瑠瑠の親友はいない。梨児と仲良くなれるだろうか。

「今日は暑いですね」

　梨児に話しかけると、彼女はびくりと身をはねさせた。

「……そうですね」

「秋はお好きですか？」

「あまり、好きではありません」

「どうしてかお聞きしても？」

　梨児が瑠瑠を見て、そっと瞼を伏せた。

「私、初秋に、大切な人を亡くしたんです」

梨児はふるえる声で言った。

「……ごめんなさい。辛《つら》いことを聞いてしまいました」

知らなかったとはいえ、瑠瑠は梨児の心の傷をえぐった。多くの人には、他人に踏みこまれたくない記憶がある。瑠瑠はそこに触れてしまった。

「あなたは、優しいのね」

梨児は穏やかに微笑んでいた。瑠瑠は梨児の顔を見つめて、真意を探ろうとした。

「私のために、色々と気遣ってくれたのでしょう？　心を砕いてくれた。だから私、あなたのお言葉に甘えます」

梨児は緊張を解いたようだ。

ちょうど馬の足音が聞こえてきた。瑠瑠は音の方角に視線をむける。

「お嬢さん！　馬車をつれてまいりました！」

義六の声とともに、小ぶりなふたり乗りの馬車が近づいてくる。

梨児を先に乗せて、瑠瑠も馬車に乗りこんだ。

「だしてください」

瑠瑠の指示で、馬車は走りだした。義六は後からひとり乗りの馬車を走らせてついてきた。

「あなたは、秋がお好き？」

梨児が問いかけてきたので、瑠瑠は頷いた。

「好きです」

「嫌いな季節はあるの？」

「あります」

「教えていただいても、いいかしら？」

「かまいません。私が嫌いな季節は、冬です。……その頃に、私は父を亡くしました」

「それは……」

梨児が言いよどんだので、瑠瑠は我に返った。

「もう大丈夫です。心配なさらないでください」

瑠瑠は小さな嘘をついた。まだ、大丈夫とは程遠い。けれど、梨児にむかって微笑んで見せた。気遣いは不要だと伝えたかった。

梨児もわかってくれたのか、視線を瑠瑠の胸元に移して、話題を変えた。

「その垂飾は……翡翠ですか？　立派なものですね」

「魔除けとして貸していただきました。詳しいことはわからないのですが」

「瑠瑠さんの物ではないのですか？」

「はい。私に猫鬼を調べてこいと言ったお嬢様から渡されました」

「そうなのですね。これだけ深く澄んだ緑色はとても貴重で高価な翡翠です」

梨児の言葉に瑠瑠は驚いた。そんなに価値のあるものを、月華は瑠瑠に貸してくれたのか。瑠瑠を怖がらせようと魔除けを渡したのではなく、月華なりに心配してくれていたのかもしれない。

瑠瑠は嬉しくなって、翡翠の垂飾を優しく撫でた。

馬車は大通りを抜けて、路地を曲がった。大きめの屋敷が並ぶ住宅街だ。

「こちらです」

梨児が指で示したのは、秋の光を浴びて瓦屋根が輝く家だった。

瑠瑠は馬車をおりた。

「瑠瑠さん、ありがとうございました。お礼にお茶でもいかがですか？」

梨児の好意を感じて、瑠瑠は応えたくなった。月華からは、噂について聞いてこいと言われたが、なによりも瑠瑠が梨児と話がしたかった。

「それでは、少しお邪魔します」

瑠瑠の言葉に梨児が微笑んだ。瑠瑠は梨児の案内で、敷地に足を踏みいれた。妖怪屋敷よりもさらに広い。屋敷の持ち主は、裕福なのだ。

「こちらです」

梨児が、母屋から離れた小ぶりの建物の前で言った。瑠瑠は思わず母屋をふりかえった。なぜ母屋に房室を与えられていないのだろう。

瑠瑠の疑問を悟ってか、梨児が視線を落とした。

「私は旦那様の妻なのですが、ほかの女性が男児を産みました」

「えっ？　それじゃあ、その男児は……」

「そう、この家の後継者です。それで、今の私は母屋ではなく、離れに住んでおります」

後継となる男児が産まれたことで、梨児は母屋を追い出されたのか。なんというあつかいだ。瑠瑠は怒りを覚えたが、梨児は続けた。

「私は、婚姻の日から旦那様をお慕いしていたのですが……想《おも》いとは、なかなか届かぬものですね」

瑠瑠はさらに悔しくなった。どうして、自分をないがしろにする夫を、想い続けるのだろう。どうしてここまで想われて、夫は梨児に報いないのだろう。

瑠瑠は唇を嚙んだ。梨児にまた辛いことを言わせてしまった。悔やんだが、今さらどうにもできない。

梨児が「お茶をさしあげるのでしたね」と、離れの扉を開けると、中から泣き声が聞こえた。

瑠瑠が驚いて梨児を見ると、梨児は瑠瑠を見ずに、声のほうに駆けて行った。

「ようやくお戻りですか、奥様！　お嬢様が泣きやんでくれませんで、大変でした！」

ふくよかな中年の女性が、眉間に深い皺《しわ》をよせた。どこか怒ったような、困ったような顔をして、胸に抱いていた嬰児《えいじ》を梨児にあずける。

絹布のおくるみに包まれた嬰児はとても小さく、瑠瑠の目には壊れそうに見えた。その嬰児が全身で何かを訴えるように、顔をまっかにして声をあげている。

「ああ、ああ、泣かないで。どうしてほしいの？　ねえ、粥《かゆ》はあげたの？」

「さしあげました。今日も、あまりお食べになりませんでしたが！」

「もう、どうしたら食べてくれるの！」

梨児が悲痛な声をあげた。嬰児はいっそう声をはりあげる。

「黙って、黙って……」

梨児が、嬰児を揺さぶり、その頭を撫でた。

「熱があるわね。薬はどうしたの？」

「さっき使いました。これでもう、残っていませんよ」

「どうしたらいいの……」

梨児の呼びかけに、瑠瑠の胸が傷んだ。

「今の奥様は、子育てに専念しなくてはならないのですよ。力を貸してくれる人は、この家にはいないんですからね」

「そうよね、私が悪いの。どうせ私が悪いのよ！」

「梨児さん！　私にも、何かできることはありますか？」

梨児がはっとして瑠瑠を見た。

「ごめんなさい。お茶をさしあげると言ったのに」

梨児の顔にはあせりがある。嬰児のことで、梨児は手一杯だ。

瑠瑠は梨児を安心させるために、そっと微笑んだ。

「私は、今日はこれで帰りますね。また来てもいいですか？　梨児さんと、お嬢様が元気な時に、また会いたいです」

梨児は嬰児をじっと見つめてから、ふくよかな中年女性を見た。すがるような瞳だ。

ふくよかな中年女性がきっぱりと首をふった。

梨児が視線をおとしてから、瑠瑠にむかって寂しそうに微笑んだ。

「私が愚かでした。この子はとても弱いのです。人をお誘いする余裕などありませんでした。……またいつか、どこかでお会いできますように」

梨児は辛い立場にある。そう察して、瑠瑠は何も言えなくなった。

5

瑠璃は趙家に戻って、月華の居場所を聞いた。

月華は房室で茶を飲んでいた。ひどい匂いがただよっている。以前飲まされた漢方茶を思い出して、瑠璃は顔をしかめた。体調が良くなるとしても、二度と飲みたくない。

「月華お嬢様、戻りました」

「早いな。怖くなって帰ってきたのか?」

「確かに途中で帰ってきましたが、怖くなったわけではありません」

瑠璃は月華に紙束を差し出した。

「こちらを御覧ください」

月華が瑠璃を見上げてから、茶杯を卓に置いた。片手をあげるので、瑠璃はその華奢《きやしゃ》な手に紙束を載せた。

「院子の左右には倉庫のような建物があり、正面には母屋のような建物がありました。その奥もありそうですが、まだその先は見られていません」

「見てきたところまで話してみよ。なにか違和はなかったか?」

「妖怪屋敷と呼ばれるのがわかるくらい、荒れたお屋敷でした。あとは、灰色の野良猫がいました」

「猫鬼か？」

月華が怪訝《けげん》な瞳で、瑠璃を見た。

「猫鬼などいません」

「いや、おまえの描いてきた……この奇妙な塊を、猫だと言い張るのか？」

「えっ？」

「おまえ、まっすぐな線は書けるのに、絵心がないのだな」

瑠璃は前のめりになって、「違う」と首をふった。

「月華お嬢様！　たしかに私には絵画の素養はありません。でも、そこそこ上手に描けていると思います！」

「おまえのためにはっきり言ってやるが、下手だ。……だが、ある意味で味がある。この絵を好きだと言う者もいるだろうさ」

瑠璃は言葉につまった。慰められているのか、けなされているのか、よくわからない。

だが、きっと後者なのだろう。

「それで、ほかには童子の絵がないが、誰にも会わなかったのか？」

「あ、いえ、母屋の奥で、梨児さんという女性に会いました」

「その女は、なぜ妖怪屋敷などにいたのだ？」

「友人たちに命じられて、度胸試しに来たと言っていました」

「ほかに、何を話したんだ？」

「ほかには、とくに……。お忙しそうだったので」

「なるほど。妖怪屋敷と噂がたつのだから、屋敷に何らかの秘密があるかもしれないな。おまえが書いてきた図では、細かなところがわからない。間取りだけではなく、寸法を測ってこい」

「私ひとりで、どうすれば計測できるのですか？」

「頭を働かせろ。その程度のこともわからないのか」

呆《あき》れたような言いかたに、瑠瑠は苛立ちを覚えた。

「どのように測れと仰せですか？」

道具などなかったのに、無茶を言わないでほしい。そう思ったところで、小愛が戻ってきた。使用人に、月華の命令を伝えてきたのだろう。

「瑠瑠、おまえの身長は幾つだ？」

「四尺三寸（約一五〇センチメートル）です」

「身長から算出すると、おまえの一歩は、約二尺（約七〇センチメートル）ほどだな」

「……それは、歩幅を使って測れという意味ですよね？」

「そうだ、自分の体を使うんだ。それがおまえにはやりやすかろう」

「でも、どうして身長から算出できるのですか？」

「人にもよるが、たいてい歩幅は身長の半分弱だからだ」

「……本当ですか？」

瑠瑠の言葉に、月華が鼻を鳴らした。

「疑うのか」

「そういうつもりでは……」

瑠瑠は半信半疑で月華をじっと見つめた。

月華は顎をくっとあげた。

「おまえ、十歩、歩いてみろ」

「……わかりました。どこから歩けばよろしいですか？」

「私の前から、むこうにむかって。いつも通り歩け」

瑠瑠は言われたとおりに、月華の前から十歩まっすぐ歩いた。

「そこだな。小愛、巻尺を持ってこい」

小愛がさっそく巻尺を持ってきた。

瑠瑠の歩いた幅を計測して、月華に「約二〇尺（約七〇〇センチメートル）です」と報告した。

「おまえの一歩は、やはり約二尺というわけだ。わかったな？」

幼い童子に言い聞かせるように、月華が言った。

瑠璃は心底驚いて、月華を見つめた。

「はい！　月華お嬢様！」

瑠璃は興奮した。月華の言葉は厳しいけれど、瑠璃の疑問を邪険にするのではなく、実践でわかりやすく証明してくれる。

月華は瑠璃の反応に驚いたような顔をしてから、楽しそうににやりと笑った。

「では、妖怪屋敷を計測してこい」

瑠璃は我に返った。妖怪屋敷は趙家ほどではないが、敷地が広い。それをすべて、体を使って計測しなければならない。

「……わかりました」

瑠璃は疲れが肩にのしかかるのを感じた。

6

妖怪屋敷に到着した時には、すでに太陽は頭上を通り過ぎていた。日が暮れる前までに、測りきってしまいたい。

瑠璃はまず、屋敷の正門のある塀壁の幅を測ることにした。歩幅で数えて、四二歩

（約二九四〇センチメートル）あった。奥行は隣の家が建っているため、測れない。それは後で内側から計測しようと決めて、敷地に入り、丸門をくぐって院子に進む。

左右の別棟と正面の母屋を確認してから、石造りの卓の上に手燭と鞄を載せた。鞄の中から、紙束と筆記具を出す。

測った歩数を記録してから、東の棟をぐるりとまわると、横幅約四歩と半分（約三一五センチメートル）で、縦幅が横幅の約二倍あった。

西棟のまわりも歩いてみると、どうやら東の棟と同じ大きさだ。

それから、母屋の外回りを測ることにした。横幅は二九歩（約二〇三〇センチメートル）あり、縦幅は一七歩（約一一九〇センチメートル）だった。

瑠璃の首筋を、風が撫でていく。生暖かい。少し息苦しさを覚えて、瑠璃は足早にその場を離れ、母屋に入った。

瑠璃は手燭で居間を照らしてから、各房室を手早く測った。玻璃が散らばっている房室は、怪我《けが》をしそうで入れなかった。梨児と出会った房室は、大きな棚が壁に沿って幾つも並べてあり、正確には測れなかったが、おそらく四房室は同じ大きさだろう。

瑠璃は母屋の外に出た。それから、母屋の裏にまわった。

「えっ？」

そこには見覚えのある院子と建物が並んでいた。この屋敷には同じ形状の院子がふたつ、母屋がふたつあるのか。

見覚えのない形の屋敷の造りに瑠瑠は驚きながら、院子に進んだ。ふたつ目の左右の棟と母屋の形幅は、ひとつ目のそれと同じだった。

棟数と房室の数と寸法を絵に描いて、一枚の紙に収まるようにできた。

これで期待に応えられる。やりとげたぞと拳を天に突きあげたくなったが、瑠瑠は深く息を吸って、ゆっくりと吐いた。幼子ではないぞと、衝動を抑えこむ。それでも、誇らしい気持ちは消えない。瑠瑠の顔は自然と笑みを作った。

瑠瑠はうかれた気分で月華のもとに戻った。

月華は扇を手にしていたが、それを卓にそっと置いた。それから、紙束を受け取ると、線を指でなぞった。まるで、大切なものに触れるかのようにていねいな仕草だ。瑠瑠の描いた図を愛《め》でているように見えた。瑠瑠の頑張りを認めてくれたのだろうか。そうだと良いと、瑠瑠は月華の言葉を待った。

「これは左右対象に造られた、四合院《しごういん》という形状の家屋だ」

瑠瑠はぽかんと口を開けた。

確かに、瑠瑠が書いた図面は、ほとんど左右が同じ形をしている。これは、四合院というのか。初めからそうだと教えてくれていたら、おおよその全体像がわかる。闇雲に測るよりも、もっと上手に、手早く調べることができただろう。

月華はわかっていて、黙っていたのだ。

月華はにっこりと微笑みをうかべた。その作り物めいた笑みを見て、瑠瑠の誇らしかった気持ちが、一気にしぼんだ。

「違和があっただろう？」

月華が紙束を卓に置いてから、扇を手に取った。

当然あるものだというような断言に、

「いえ、……ありませんでした」

瑠瑠は小首をかしげた。

月華が視線をめぐらせて、何かを考えるような顔つきになった。きっと彼女の『つまびらきの写鏡《うつしかがみ》』が瑠瑠の運んだ情報を繋《つな》ぎあわせている。

瑠瑠は月華がどんな答えを導き出すかを、じっと待った。

月華が扇を動かした。綺麗《きれい》な顔に、影がかかった。

「隠し扉だな」

月華が淡々と言ったので、瑠瑠は再び小首をかしげた。

「どうしてそのようなことがわかるのですか？」

「母屋の四房室には、内側から測れなかった房室があったのだろう？」

「そうです。外壁側の周囲、縦幅と横幅から計算しました」

「寸法を測れなくしている。梨児と会ったのは、この房室だったはずだな？」

「そうです。もしや、梨児さんは、房室に隠し扉があると知っていたのでしょうか？」

「知っている」

月華が顎に手をあて、思案する素振りを見せた。

「梨児は嘘をついているぞ」

瑠瑠は驚いて、月華をまじまじと見た。

「なぜですか？」

「度胸試しと言っていたが、梨児の友人には会ったのか？」

「会っていません、が……」

「梨児は本妻でありながら、母屋から出され、離れで暮らしている。彼女は、そこで嬰児を育てている。そうだな？」

「はい。お調べになったのですね」

「弱い子だったら、捨てようとするかもしれないな」

瑠瑠はかっとなった。

「梨児さんはそんなことしません！」

「どうしてそう断言できる？」

「熱があるのを心配していました！」

　しかし、梨児は切羽詰まっていた。瑠瑠はその光景を思い返して、ぎゅっと瞼を閉じた。

　嬰児を捨てるなんてことが、あってよいはずがない。

「この国はな、嬰児を簡単に間引く。川に流したり、道端に捨てたりする。それが、あたりまえなのだ。もしかしたら、梨児も嬰児を捨てる場所を探しに、下見に来たのではないか？」

「梨児さんは、娘さんを捨てたりなんか絶対にしません！」

「おまえは甘い」

「甘くていいです！」

　人を疑って暮らすよりも、瑠瑠は人を信じたい。瑠瑠が叫ぶと、月華がうるさそうに手をふった。

「梨児が、嬰児を捨てに来たのではなかったら、何をしに来ていたんだ？」

「それは……」

　瑠瑠は言葉につまった。

「死なせる前に助けてやりたい。この北京には、嬰児安寧院《あんねいいん》がある。おまえ、どこにあるか知っているか？」

「知らないです。どのような場所なのですか？」

月華が鋭い瞳で、瑠璃を見た。

「嬰児安寧院にさえ届けられれば、嬰児を託せる家庭に里子として出すこともできる。だが、どうやって知ればよいか、わからぬ者が大勢いる。梨児がそうなら、教えてやらねばならぬ。よいか、今すぐに、梨児と嬰児をつれてこい」

月華が扇を門の方角にむけて、厳命した。

7

瑠璃は梨児の家の前で、趙家の馬車からおりた。御者は義六だが、普段のひとり乗りとは違い、ふたり乗り用の馬車だ。

梨児を嬰児と一緒に、趙家につれ帰らねばならない。月華の気迫を思いかえすと、急がなければ危うい。

梨児の家の扉は開けられており、中に入ることができた。瑠璃は母屋に呼びかけず、梨児の住まう離れにむかった。

離れの扉を叩くと、さきほどのふくよかな中年女性が出てきた。

「あら、あんたは」

ふくよかな中年女性は、瑠璃を見て眉をよせた。異国の娘である以前に、瑠璃を警戒しているとみえる。

「私は、趙家の令嬢、趙月華様に仕えております。梨児さんはいらっしゃいますか？」

「趙家って？　あの趙家かい？」

「はい。梨児さんと娘さんをつれてこいとのご命令です」

「なんで急に」

「梨児さんはいらっしゃらないのですか？」

家の中は静かで、嬰児の気配はない。

「おられます。でも、静かにしてくださいよ。ようやくお休みになられたんだ」

ふくよかな中年女性は、瑠瑠を離れの奥に通してくれた。

小さな寝台に、嬰児が眠っていた。泣いているところしか見ていなかったので、嬰児の穏やかな顔に、瑠瑠は少し、安心した。

その側にもたれかかるようにして、梨児が眠っている。その顔には疲労がにじんでいた。起こすのはためらわれた。けれど、月華の命令がある。

ふくよかな中年女性が、梨児の肩を優しくゆすった。

「起きてください、奥様。お客様ですよ」

そっと囁《ささや》くと、梨児が「ん……」と小さな声をあげて、ゆっくりと起きあがった。

「なに？」

どこか途方にくれた迷子のような顔が、瑠瑠に気づいて、驚きに変わった。

「瑠瑠さん、どうしてここに？」

「趙家の月華お嬢様に命じられて、ここに来ました」

「趙家の？　では、瑠瑠さんが言っていたお嬢様とは、趙月華様なのですね」

そうです、と瑠瑠は頷いて、まっすぐに梨児の瞳を見つめた。

「なにかお困りではないですか？」

「え？」

「悩み事があるのでしたら、月華お嬢様がお力になってくださいます」

瑠瑠は迷ったが断言をした。そうであると、瑠瑠は月華を信じたい。

「いえ、人様を頼ることなどできません」

寂しそうに梨児が微笑んだ。その表情は何もかもを諦めているようで、瑠瑠は胸が締めつけられた。

「いいえ。月華お嬢様は梨児さんたちを、絶対に悪いようにはしません。行かないより、行くほうがいいです」

「そうでしょうか。私は月華様をよく知りません」

「私も月華お嬢様のすべてを知っているわけではありません。けれど、幼子を見捨てるかたではないのです」

「今日、出会ったばかりです。どうしてそこまで私たちに関わろうとするのですか」

「お辛そうだったからです。梨児さんと娘さんに、助けが必要だと思ったからです」

梨児が寝ている嬰児を見た。熱はさがっていないようで、頬がまっかに染まっている。

「私は遠くの国から来たので、北京の常識を知らないです。この清国では、嬰児を平気で捨てると聞きました。けれど、そんなことがあってはならない。人は助けあうべきです。今が辛いと思うのなら、どうか私の手を取ってください」

青い顔をした梨児を見過ごせない。心配だから、できることをしたい。

梨児は黙ったが、嬰児を抱くと、おくるみに包んで立ちあがった。

瑠瑠は嬰児を抱いた梨児と、義六の馬車で趙家にむかった。

8

「いったい、どうして私をお呼びなのですか？」

梨児は趙家の居室で、月華を前にして、ふるえる声で言った。

「心当たりがあるのではないか？」

「どういう、意味でしょうか？」

瑠瑠は月華と梨児のあいだで視線を動かした。心当たりとは、どういうことだろう。

月華はもともと、梨児が妖怪屋敷に嬰児を捨てに行こうとしていたと推察していた。

「妖怪屋敷で何をしていた？」

「……度胸試しです」

「違うぞ、納蘭・梨児」

月華の断言に、梨児の肩がびくりとふるえた。

「どうして、私の名を……」

「おまえの本当の名だ。納蘭の姓ですべてがわかった」

「……私のことを、調べたのですね」

「そうだ。もとより、納蘭一族の屋敷になぜ急に妖怪が出るようになったか、が謎だった。だが、謎の背景には、たいてい人が関わっているものだ。だから、瑠璃を行かせた。おまえは、納蘭家につらなる娘だな。妖怪屋敷は、おまえの実家だ」

瑠璃は驚いて梨児を見つめた。梨児は静かな顔をして、月華を見ている。

瑠璃は月華にたいして苛立《いらだ》ちを覚えた。どうして初めから言ってくれなかったのか。

月華を非難したいが、ぐっとこらえた。

「はい、あの屋敷は、私の実家です。でも、それが、どうだというのですか？」

「あそこで、本当は何をしていたのだ。嬰児を捨てるつもりだったのではないのか？」

「そんなっ！　そんな真似《まね》しません」

「本当か？　おまえの嬰児は女なのだろう？」

梨児が口を噤《つぐ》んだ。

この国では嬰児を簡単に捨てる――月華の言葉がよみがえる。けれど、梨児はそんなことをしないはずだ。嬰児が女だから、何だと言うのだろう。

月華がちらりと瑠瑠を見た。

「わからないという顔をしているな」

「はい、わかりません、月華お嬢様」

瑠瑠は月華に挑むつもりで答えた。納得のゆく理由でなければ、受け入れられない。

「陛下は幼い頃に即位なされた。そのため、四人の大臣が陛下を補佐することになった。そのうちのひとりが亡くなると、派閥争いが起きた」

「なぜ、とつぜん陛下の話を？」

「三人の大臣のうちひとりが、昨年、処刑された。それが、納蘭・蘇克薩哈だった。さらに、納蘭家のめぼしい男たち、臣下たちが殺された。本家も分家も、離散した。そうだな、梨児？」

月華の指摘に、梨児が口を噤んだ。

「納蘭・蘇克薩哈の死後、おまえは嬰児を産んだ。だがすでに、納蘭家の後ろ盾がなくなっていた。そして、産まれたのは病弱な女児だった。だから母屋を出されて、離れに住むことになったのだろう」

「……すべて、ご存知なのですね」

「おまえは夫から、嬰児を捨てるか殺すかしろと言われた。だから、実家の隠し扉のむこうに、我が子を捨てようとしていたのだ」

「違います！」

梨児が叫んだ。

隠し扉のむこうに嬰児を納めてしまえば、誰にも見つからない。この暑い中、隠し扉のむこうに嬰児を入れたら、暑さのために、すぐに死んでしまうだろう。

だから、月華はすぐにでも梨児と娘をつれてくるように命じたのか。それは、ふたりを助けるためだ。

「たしかに、たしかに、私は娘を実家に捨てに行きました。けれど、捨てるなんてこと、できなかった。私を必要として泣くこの子を手放せなかった」

「だが、おまえは隠し扉を開けようとしていた」

「そうです！　けれどそれは捨てるためではありません。実家に隠し金庫があることを思い出したんです」

「あの隠し扉は、金庫であったか」

「その金庫に、金品が少しでも残っていないか探すためです。実家から持ってきた私の物は、もう薬代として売ってしまいました。娘の薬を買い続けるためには、どうしてもお金が必要なのです！」

梨児は泣いていた。悲痛な声に、瑠瑠の目も熱くなった。

「隠し金庫のことを誰にも知られたくなかったのに、娘の泣き声を人に聞かれておりました。さらに猫鬼の出る妖怪屋敷と呼ばれるようになり、度胸試しをする者が集まるようになってしまいました。私は、侍女に娘をあずけて、金庫の開けかたを模索しておりました」

「そこで瑠瑠と遭遇したのだな」

納得顔の月華を見てから、梨児が瑠瑠を涙がにじむ目で睨《にら》んだ。

「私を助けてくれると言ったのに、だからここに来たのに！」

「月華お嬢様！　梨児さんと娘さんを、本当に助けてくださるのですよね？」

「もちろんだ。助けたいという気持ちは、本当だ。だが、まずは、隠し金庫の開けかたが気になるな」

「それが、わからないのです。昔、父が壁にむかって、何かを動かしていたのを内緒で見たのですが。だから私は、金庫のある房室で、家具の抽斗《ひきだし》や棚の扉を開けて、確かめていました……」

梨児の声がふるえていた。悔しさと悲しさが混ざりあったような声だ。

「金庫を開ける鍵があるはずだ。生前、親からあずかった物はないか？」

月華の問いかけに、梨児がちらりと瑠瑠を見てから、自嘲した。

「残っている物は、結婚の時に母が贈ってくれた御守《おまもり》と、このおくるみだけです」

「見せてみよ」

梨児が懐から赤い御守を取り出した。それから、嬰児のおくるみを外して、小愛に渡した。

御守は月華の手に渡され、月華はその御守をていねいに眺めた。

「御覧ください」

小愛が絹布を広げて、月華に見せた。絹布には、広大な屋敷に蔓草《つるくさ》や花、雲や光が描かれていた。屋敷は母屋が三つあり、庭園が作られている。屋敷は、上からと同時に横からも見ているかのように、建物の内部が描かれていて、人の生活が見える。

幾何学模様に慣れ親しんだ瑠瑠には、布とは思えず、絵画みたいで面白かった。

「綺麗なお屋敷ですね」

瑠瑠の言葉に、梨児が頷いた。

「そうなのです。きっと、私の子がいつかこのような屋敷に住めるようにと、願いをこめて贈ってくださった。この子の未来がよりよいものになるように……と」

「いや、これはおまえの実家だな」

月華の言葉に、瑠瑠は耳を疑った。

「まさか！　我が家はこの家の半分もありません」

梨児が、どういうことだと月華を見る。

「すべてではない。門から入って、第一の母屋、第二の母屋まで、おまえの実家の間取りと同じだ」

「いえ、でも、木の位置や、花の場所が違っています」

「惑わされるな。建物だけを見るんだ」

瑠瑠は布をじっくり眺めた。布には、正面から見た房室の内側が描いてある。

瑠瑠の隣で、梨児が息を呑んだ。

「こんなところに答えがあったなんて！」

梨児が、第一の母屋の右側にある房室を指さした。

「もう、わかるな？」

房室の壁には、見覚えのない柄が描いてある。

「私が思うに、謎は、壁の柄を正しい柄にあわせれば解ける。それは、この図案が教えてくれる」

「このおくるみの絵柄に描いてある図柄通りに、動かしてゆけばよいのですね」

梨児が言った。

月華がにやりと笑った。

「嬰児は趙家が守っているから、金庫を開けてくるといい」

9

薄紫の空は朱色に染まり、黒く大きな雨雲が近づいている。

瑠瑠は梨児とともに月華の房室にむかった。肩に重たいものがのしかかったような気がして、息苦しさを覚えた。

けれど、梨児の心境を思うと瑠瑠は何も言えず、侍女が案内するのに従った。

月華は黒檀《こくたん》でできた椅子に腰掛けていた。瑠瑠に呼びかけながら、優雅に足を組み替える。粉紅色《ピンクいろ》の旗袍を着た月華の姿には自信があり、自らの推察に微塵《みじん》も誤りがないと思っていると想像させた。

「どうであった？」

「こちらがありました」

瑠瑠が月華に書類を渡すと、月華は素早く眺めた。

「なるほど。瓜爾佳《グワルギヤ》・鰲拝《オボイ》が専横をしたいがために、納蘭・蘇克薩哈を陥れようとしている。納蘭・蘇克薩哈は表向き、大臣職を退くために画策しているが、失敗した場合、一族全員の立場が危うい。今のうちに逃げられるものは逃げるように、と書いてある」

瑠璃は梨児のほうを見た。梨児は肩を落としている。

「私は、娘を、この先どうしたらよいのでしょう……」

「月華お嬢様、遺産のようなものはなかったのです」

一縷《いちる》の望みは叶《かな》わなかった。せっかく隠し扉は開いたのに、梨児のためになるものは入っていなかった。

「安心するように。嬰児は趙家が携わっている嬰児安寧院に委ねられる。捨てるのも、殺すのも、どちらも選択しなくてよい」

瑠璃は隣に立つ梨児を見た。

「娘の命は助けられるのですね」

梨児の目からは涙がぽろぽろと落ちた。我が子を愛している。だから、それが最善だとわかっていても、離れるのは辛いだろう。それでも、我が子のために、別れを選ぶのだ。

「助ける命は嬰児だけではない」

月華が瑠璃をうながした。

「猫よ、翡翠を梨児に渡せ」

瑠璃は言われるままに、首飾りを外して梨児に渡した。

この翡翠は高価だと梨児も言っていた。月華様は梨児にこの翡翠を譲るつもりなのだろうか。そうであれば、これからの梨児の助けになるはずだ。

梨児がその首飾りを胸に抱いて、さらに泣いた。

「これで、ふさわしい持ち主のもとに戻った。もとは、おまえの物だな、梨児？」

瑠瑠は驚いて、月華と梨児を交互に見た。

「はい、薬代として手放したものです」

「趙家の者が街の典当行《てんとうこう》（質屋）から報《しら》せを受けたのだ。この翡翠には、納蘭家が好んで使う花柄が刻まれている。それを手放したのだから、困窮している納蘭家の者がいるということだ。猫の声から、屋敷には嬰児が関わっていると悟った。あとは、我が猫にもわかるな？」

瑠瑠は頷いた。月華は初めから見通していたのだ。

「梨児さんはどうなるのですか？」

問いかけに、月華が目を細めた。

「納蘭家は罪を犯していなかった。証拠さえ集まれば、陛下が動いてくださるだろう」

梨児は何かを言おうとしたようだったが、言葉につまった。声を抑えて泣きながら、月華にむかって拝礼をした。

第五話

1

「この縁談は断れまい」

漏れ聞こえてきた小父《おじ》の声に瑠瑠《ルル》は耳を疑った。くらりと目眩《めまい》がしそうになりながら、戸口に身をかくして声をころした。

「断ればどうなるのですか？」

兄の哈爾《ハル》の返事が食卓の間に響いた。夕食はすでに終えていて、片付けなどもすんでいる。誰もいないはずの食卓の間に、どうして小父の康思林《こうしりん》と哈爾がふたりだけでいるのだろう。

縁談、という言葉に不安がよぎった。盗み聞きなどいけないとわかっていたが、ふたりが心配で瑠瑠は耳をすました。

「仕事ができなくなる。異邦人は簡単に国外退去になるからね」

「この国でも、高官に見初められると女性は結婚を強いられてしまうのですね」

「そうだ。地位のある者からの強引な求婚はよくある。それによって娘本人だけでなく、一族郎党まで影響が出る」

「わかっております、小父様。とてもよく、わかっております」

これは、瑠瑠の話だ。またしても、今度はこの清国《しんこく》で、瑠瑠に求婚する者があらわれたのか。瑠瑠が故郷の撒馬爾罕《サマルカンド》から清国まで逃げてきたわけは、高官の求婚を拒み、父を亡くしたからだ。

あの時も、冬だった――瑠瑠は、目を強くつぶった。

もし、父親が死ぬとわかっていたら、瑠瑠は高官に嫁いだだろう。そうすることで、父の命や家族の将来を守れるなら、瑠瑠はそうした。

母や兄、亡き父は、瑠瑠の自由に生きてよいのだと、だからこそ瑠瑠を守ったのだと言ってくれるはずだ。それでも、二度と失いたくないものがあり、それを守るためなら、我慢ができる。

瑠瑠は戸口に手をそえて立ちあがると、食卓の間に入った。

「私と結婚したい人があらわれたのですか？」

小父と哈爾の視線が瑠瑠に集まる。驚きと困惑が、その瞳にはうかんでいた。

「瑠瑠、聞いていたのか」

　とがめるような口調の小父を前にしても、瑠瑠の心は静かだった。どんな叱責をされようとも、今この時、彼らの前に出ることは必要だ。

　これは、瑠瑠だけでなく、家族の問題なのだ。

「聞いておりました。私のお相手はどんなかたなのですか？」

「瑠瑠の相手じゃないよ」

　小父の言葉に意表を突かれて、瑠瑠は「え？」と声を出した。

「私のお相手じゃないのですか？」

「そうだ。望まない結婚をしないですむようにと、瑠瑠の父上は願っていた。亡くなった父上のためにも、瑠瑠は自由に生きねば。そうしなければ、母上や哈爾の献身が無駄になってしまう」

　小父の話に続けて、哈爾が、

「大丈夫だから、おやすみよ。もう夜も遅いから」

と房室（部屋）を出るようにうながした。

　しかし、瑠瑠の足は動かなかった。

「私ではないのならば、いったいどなたが？」

「もうやめなよ、瑠瑠。そういうところが、あまりにも危険だよ」

「お兄様！」

「小父様も、お母様も、僕も、みんな心配している。瑠瑠の気持ちもわかるけれど、瑠瑠になにかあったら、僕たちはどうすればいいんだい？」

強い口調のなかには、恐れが感じられた。

瑠瑠は哈爾を見た。哈爾は険しい顔で口をつぐんでいる。瑠瑠には、哈爾の心配も理解できた。昨年の冬に父を喪《うしな》った。もう二度と、家族を喪いたくない。愛しているからこそ、家族を守ろうとしている。

けれど、と、瑠瑠は唇を嚙《か》んだ。

「右肩の天使様は、退くことをよしとするでしょうか」

哈爾が息を呑《の》んだのがわかった。

「これは真剣な話だよ。大人の話に、童子《こども》が口を出すものではない」

小父が厳しい顔で言った。それでも、瑠瑠は小父たちをじっと見つめた。

退くつもりなど微塵《みじん》もない。

「その娘さんは、結婚を望んでいるのですか？」

今度は小父たちが口をつぐんだ。

「小父様、私は、……お父様を死なせてしまいました。もうそんな悲劇はあってはなりません」

「だが、お父上は瑠瑠に自由をあたえようとした。お父上に悔いはないだろう」

「はい。お父様は、私に自由をくれました。ならば、その自由を、ほかの人にも渡したい。そうすれば、お父様の死が私だけではなく、さらに人を助けてゆくことになるからです。私は、その娘さんを助けてさしあげたい！」

この世から、困っている少女をすべて助けることなど不可能ではあるとしても、自分の手の届く相手なら守りたい。この気持ちを、どうかわかってほしい。

厳しい目をして瑠瑠を見ていた小父が、「瑠瑠は、そうか。そういう考えをもつようになったのか」と慈愛に満ちた瞳になった。

「無謀なことはさせられない。それでもいいかい？」

「それでは、小父様！」

小父が頷《うなず》いたので、瑠瑠の目は潤んだ。自分の気持ちが伝わったのだ。それが、とても嬉《うれ》しい。

「では、どこから話そうか」

小父が瑠瑠に席をすすめた。瑠瑠が座ると、小父は真剣な顔をして口を開いた。

「商人仲間の娘に、妾《めかけ》になれと迫る高官があらわれた。でも、娘には婚約者がいて、そちらに嫁ぎたいと言っていてね。だが、困ったことに、断れるような相手ではなくて」

「どういうお相手なのですか？」

「お相手は漢人八旗《かんじんはっき》のひとりなのだよ」

「漢人八旗……とは？」

「簡単に説明すると、この国の軍事を任された組織だ。ああ、漢人と言うが、満州族以外の民族もここに含まれている。我々、回教（イスラム教）の民も、だ」

「漢人八旗に加わって軍事に関わるのですから、すごく地位が高いのですよね？」

「そうだ。名前は董賢《とうけん》様。西域《さいいき》の血を継ぐ回教徒だ。彼が、その娘の纏足《てんそく》がとても小さいと聞きつけたようでね」

「また、纏足ですか……」

瑠瑠は顔をしかめた。

「ああ、纏足なんだよ。そうしたら、石微《せきび》という別の商人仲間がやってきて、董賢様の妾はうちの娘だけで充分だと言ったんだ。うちの娘のほうが綺麗《きれい》な纏足だし、おまえの娘が嫁いでもすぐに飽きられる。そうすれば、その後はみじめな暮らしが待っているぞ、とね。私はどちらとも親しいので、それで相談がきたんだが」

「石微さんは、娘さんを董賢様に嫁がせておられるのですね。だから、娘さんだけが幸せであるように、と」

「そうなのだろうけれど、石微はそのようなことを言うやつじゃなかったのだよ。会計の知識があって、仲間が困っていたら率先して手助けしてやっていた。だが、董賢様となく関係ができてから、人が変わってしまった。商人仲間とは最低限の関わりしかもたなくなった」

切なげな声に、瑠瑠は同情した。小父が感情をあらわにするのは珍しい。瑠瑠は自分が同じ立場になったら、どう考えるかを想像した。友人が変わってしまったら、瑠瑠はよりそいたい。けれど拒絶されたら、何か方法を考える。

「では私は、石微さんの娘さんにお会いしたいと思います」

「なんだって？」

「石微さんには、きっと詳しいお話を聞けないですよね。でも、石微さんの娘さんなら、教えてくれるかもしれません」

瑠瑠は小父を見上げた。これは、無謀なことではないはずだ。小父がなんと言うか、判断を待った。

小父は腕を組んだ。

「そうだな、そこから一手を始めるのがいいかもしれない。幸い、石微の娘である石園《せきえん》のところには、康家も行商に行っている。次の約束もしているが――」

「小父様、待ってください！　石微さんは、昔とは変わってしまったのでしょう？　董賢様とも関わりがある。そんな父娘《おやこ》に関わるのですか？」

哈爾が叫びにも似た声をあげた。

「仲間は互いに助けあわねば。それに、石微はこの街の住人だからね」

「ですが、問題に自分からまきこまれに行くような真似《まね》をするなんて！」

「心配ならば、瑠瑠には哈爾がつきそってくれ。別邸は街中から少しはずれた静かな場所にある。警備も厳重なわけじゃないから、会うだけなら安全だ。それでいいね、哈爾？」

哈爾はぐっと言葉を飲み込んで、ため息をついた。

「わかりました。小父様はどうするのですか？」

「石微に会いに行って、真意を聞こうと思う。どうして急に人が変わってしまったのか、ずっと気になっていたから」

「石微さんは、話してくださるでしょうか？」

「そこは、努力してみるよ」

「わかりました、小父様」

「哈爾、瑠瑠、必ず気をつけるんだよ。これは、人の人生を変える」

言葉の重みに瑠瑠は気を引き締めた。昨年の冬、瑠瑠の人生は大きく変わった。今度は、瑠瑠が誰かの人生を変えるかもしれない。それはとても、責任の伴う行為だ。

「今日はもう休みなさい」

「そのようにいたします」

頷くと、小父は「おやすみ」と言った。

瑠瑠は食卓の間を出ようとしたが、哈爾が動こうとしない。

「哈爾とは、まだ少し、大人の話があるからね」

瑠瑠もその話に加えてほしかったが、これ以上小父を困らせては聞き分けのない童子だと思われる気がした。

闇の中に踏み出す。あたりに広がる冷たい空気に、緩んでいた肌がこわばった。吐く息が白い。微《かす》かに降り注ぐ光を感じて、瑠瑠は天を見上げた。

康熙《こうき》七（一六六八）年、十一月十日、月の綺麗な夜だった。

2

太陽は頂点を目指し始め、寒々とした光を降らせる。風はないが、だんだんと顔が冷えていく。瑠瑠は白い息を吐きながら先方を見つめた。荷馬車は北京《ペキン》城外南の大通りを曲がった。いっきに通行人が少なくなる。荷馬車は緩やかな坂道を登っていく。

「一緒に来てくださってありがとう、お兄様」

告げる自分の声がこもってはっきりしない。今日の瑠瑠は絹布を被《かぶ》り、外套《がいとう》をはおっている。それだけでなく、哈爾に言われて、鼻のうえから顎の下まである顔布をつけていた。董家の者に顔を覚えられないように、という判断だ。

「石園さんと、うまく話せるといいね」

哈爾の言葉に、瑠瑠も同意した。

馬車は石造りの門の前で停《と》まった。哈爾が先におりて、門番に声をかける。瑠瑠は両手に鞄《かばん》を持ち、哈爾の背後に立って、門番の顔をちらっと見つめる。

「今日は寒いですね」

哈爾の親しみのある声音に、門番が「おまえは？」と言った。

「康思林の店の者です。どうぞ、お取次ぎをお願いいたします」

門番が軽く頷いた。

「ありがとうございます。ほら、行こう」

哈爾にうながされて瑠瑠も邸内に入った。細い通路を行き、円形の門をくぐる。四角い庭園が広がっていた。左右には建物があり、正面に母屋がある。瑠瑠は妖怪屋敷を思い出した。あの家と造りが似ている。この別邸も四合院《しごういん》だろう。警備の者の姿はない。

哈爾が母屋の奥にむかって呼びかけると、侍女と思《おぼ》しき女性があらわれた。五十代くらいの細身の女性だ。白髪の混じった黒髪を、簪《かんざし》でひとつにまとめている。眼差《まなざ》しは優しい。

「石園さんに商品をお持ちしました」

「それはそれは、石園様がお喜びになられますわ」

侍女は明るい笑顔をうかべた。それは心から、石園が喜ぶことを楽しみにしていると思えるものだった。

瑠瑠たちは、母屋の奥の房室に案内された。

「石園様、お客様がいらっしゃいましたよ」

「入って」

中から落ち着いた声が聞こえると、侍女が房室の扉を開けた。石園は、ひとり古蘭《クルアーン》（イスラム教の聖典）を読んでいた。年齢は十代後半だろう。髪を布で包み、瑠瑠と似た長衣に袴《はかま》（ズボン）をはいていた。

袴の裾からは女性の掌《てのひら》に載るくらいの靴が見えた。黒い絹に、赤や黄、緑といった糸で花の刺繡《ししゅう》が施してある。

工芸品としては美しい靴だが、中に包まれているはずの足はいったいどうなっているのだろう。

幼子のような足は非力に見えて、瑠瑠は言いようのない儚《はかな》さを覚えた。

この奇妙な足が、この纏足の国では魅力なのだ。小さければ、小さいほど敬われる。足をいびつにすることによって得られるものを、かつて月華は輝かしい未来だと言っていた。

瑠瑠には、月華たちの気持ちが、やはりわからない。

「あなたの上に平穏を《アッサラームアライクム》」

哈爾が回教の挨拶をすると、石園がにこっと微笑《ほほえ》んで、「あなたの上にも」と返した。

「私は康家の者で、哈爾と申します。こちらは、妹の瑠瑠です」

「はじめまして、瑠瑠と申します」

瑠瑠は哈爾にうながされて、鞄から宝飾品を取りだした。

「石園さんは、銀の飾りがお好きと聞いております。真珠をあしらった銀の簪、こちらは南方の金色の珠《たま》を使っています。また、鳥が戯れる銀の胸飾りなどはいかがでしょうか。この鳥は、玻璃《ガラス》に釉薬《ゆうやく》をかけている東のものです。ほかにも、はるか西の優雅な文様の銀貨をあしらった首飾りなどもございます」

「そう」

石園の声はどこかため息混じりで、宝飾には目もくれない。見飽きているというよりは、何もかもすべてに倦《う》んでいるという雰囲気があった。

「お気に召しませんか？」

見ればわかるが、気《け》だるげな理由がわからず、それでも一応問いかける。

石園がはっとした顔になった。瑠瑠に微笑みをむけるが、どこかぎこちない。

「いえ、そういうわけではないの。私、あなたがたに初めてお目にかかるわね？　康小父さんのご親戚？」

「そうです。私たちは、もとは撒馬爾罕で暮らしていました。事情があって、康小父様のところに来たのです」

石園の瞳が輝いた。ようやく石園が興味を持ってくれたようで、嬉しい。憂える石園を、喜ばせたい気持ちが、ふつふつと湧いてくる。

「撒馬爾罕はどういうところかお聞きしても？」

「はい。撒馬爾罕は空が美しい場所ですよ。つきぬけるような青をしています。北京の空とは、少し違います。でも、どちらも冬は寒さが厳しいですね。石園さんのご出身はどちらでしょうか？」

「私は生まれも育ちも北京の牛街《ぎゅうがい》なのよ。康小父さんのところにいるなら、牛街に住んでいるのよね？」

「はい」

「いい街よ。人も温かくて」

見る者がほっとするような微笑みをうかべて、石園が断言する。

「そうですね。私もそう思います」

「皆は元気にしているかしら……」

石園は懐かしむような顔になった。

哈爾が瑠瑠に目配せをした。言うなら今だろう。

「あの、私、石園さんにお聞きしたいことがあるのです」

「あらいったい、なにを？」

「お父上の石微さんは、とても優しいかただったとお聞きしました。それが、いつのまにか人と距離を置かれるようになった、と。なぜだかご存知ですか？」

「聞いてどうするの？」

石園から朗らかさが消えた。警戒するような瞳に、瑠瑠は覚悟した。直接的に聞いても、心を開いてはくれないだろう。だが、知らねばならない。

「私は、……誰もが幸せに生きられれば、と思っているのです」

「それで？」

石園の問いかけには、どこか高圧さがあった。瑠瑠は一度きゅっと目を閉じた。

「あの、董賢様が、ほかの娘さんに結婚を申し込んでいますよね？　そのさい、石微さんが、結婚をやめるようにと娘さんのお父上に言ったそうです。だから――」

「お父様が、……そんなことを言ったのね」

「石微さんがそうおっしゃった理由に、お心あたりはおありですか？」

「あなたにお話しする必要がありますか？」

その声音は鋭く、瑠瑠は「あっ」と体をふるわせた。

瑠璃は、石園の誇りを傷つけたに違いない。石園にとって、他に妾が増えるのは、嬉しいことではないはずだ。

石園は、瑠璃のせいで憤っている。瑠璃は梨児《りじ》を思い出した。梨児は本妻なのに離れに押しやられていた。自分の夫が、他に女性を娶《めと》ろうというのだから、嬉しい話ではない。

瑠璃の視線に、石園がふいっと顔をそむけた。その手は、何かを耐えるように、膝のうえで強く握られている。

「私のことを考えてくださるなら、ほかの女性が董賢様に嫁ぐことがないようにしていただけませんか？」

「それは……その……」

石園が、瑠璃を見て、きっぱりと言った。

「できないのであれば、帰ってください」

石園の顔色は悪く、唇はふるえていた。瑠璃は何も言えなくなった。哈爾に肩を軽く叩《たた》かれて、顔をあげた。

「いこう、瑠璃」

「でも……」

哈爾が石園に、「私たちは帰ります。妙な話をしてしまいました。どうか、お許しください」と真摯な顔で謝罪した。

瑠瑠は哈爾とともに石園の房室を出た。

一歩あゆむたびに、気持ちが沈んでいく。瑠瑠は失敗した。石園には完全に拒絶された。石園を傷つけずに話を聞く方法が、もっとあった気がする。

これから、どうしたらよいのだろう。

ふと、隣で気配が動いた。視線をむけると、侍女が立っていた。

「石園様を助けてください」

懇願めいた表情で言われて、瑠瑠は言葉につまった。

瑠瑠がうろたえていると侍女は、

「お願いできませんか？　どうか、ここから――」

と小さい声で訴えた。瑠瑠が立ちつくしていると、とんと肩を叩かれた。

哈爾だ。

「申し訳ありません。今の僕たちには何もできないのです」

哈爾の言葉に諦めたのか、侍女はもう何も言わず、そのまま瑠瑠たちを門の外まで見送った。

瑠瑠と哈爾は馬車に乗りこんだ。

「優しい侍女さんなのでしょうね、石園さんをすごく心配しておられた」

「そうだね。侍女が助けを求めるような何かが、きっとあの家でおこっている」

哈爾が「そうだろう?」と視線をむけてくる。

「あとは、小父様に話そう」

家についても、小父はまだ帰ってなかったので、母の阿伊莎《アイシャ》とともに昼食をとった。

空が紅《あか》く染まり始めた頃、小父が帰ってきた。

「おかえりなさいませ!」

瑠瑠と哈爾は小父に駆けよった。

小父は苦笑しながら、「あとで」と言った。

「あら、どうかしたのですか?」

瑠瑠たちの背後には、母がいた。

「今日はふたりに仕事をまかせたからね。どうやら、頑張ってきたとみえる」

小父の言葉に、阿伊莎が微笑んだ。

「では、ふたりとも私の書斎においで。今日の仕事がどうだったか、教えておくれ」

瑠瑠と哈爾は顔を見合わせて、小父の背を追った。

小父の房室には繊細な模様の絨毯《じゅうたん》が敷かれ、良い木材で作った机と書架があり、東西の文物が置かれていた。

「それで、石園はなんと言っていたかな?」

「菫賢様がほかの女性を娶られるのは、やはりお辛《つら》そうでした」

「石園も石微と同じ意見なんだね」

「はい。それから、帰り際に侍女が気になることを言っていました」

「どんなことだい？」

「石園さんを助けてほしい、と。あの場所から、――助けてほしいのかもしれません」

「なるほど。侍女はそう言ったのか」

小父が難しい顔をした。

「石微さんのほうはいかがでしたか？」

「娘を守るためだから、何も言えない、と」

瑠璃は思わず小父を見上げた。小父が頷いた。

「石微と娘には何か事情がある」

ふたりはそれぞれ何かを隠している。でもいったい何を抱えていて、何から守るのだろう。

「さて、どうしようか」

小父の困り顔は珍しい。

石園から、もっと話が聞きたい。そうすれば、父親の石微が抱えているもの、隠していることを知ることができる。石園はあの別邸で寂しげで、牛街を懐かしんでいた。侍女は、瑠瑠たちに、石園を助けてほしいと訴えた。

「問題は、石園を別邸からどうやって出すかだね」

「はい」

「何かいい手はあるかな」

小父が顎に手をあてて、呟《つぶや》いた。瑠瑠は自分にできることを考えた。金も、地位も、名誉もない。けれど、ひとつだけ、縁がある。

「月華《げっか》お嬢様！　小父様、月華お嬢様を頼ってはどうですか？」

「なんだって？」

「あのかたは、本当は優しいのだと思います。この話をお伝えしたら、きっと知恵を貸してくださいます」

小父が穏やかに微笑んだ。

「月華お嬢様とは、よい関係を築けたようだね」

「まだ、道半ばだとは思うのですが。きっと、私たちは、そうなります」

瑠瑠はきっぱりと断言した。それから、今ここにはいない、月の名をもつ月華を想《おも》って、そっと微笑んだ。

3

眠気に抗《あらが》って身を起こし、瑠瑠は踏雪《とうせつ》を見つめた。

踏雪は瑠瑠の枕元に丸まって眠っている。瑠瑠が起きたことで寒くなったのか、不満げに声をあげた。

素直な反応は、瑠瑠に甘えているからだ。瑠瑠は踏雪に手をのばして、その体を優しく撫《な》でた。毛の柔らかさと体温が伝わってくる。ひとつの生命というものを瑠瑠は強く感じた。同時に、それを感じる瑠瑠もまた、生きていると実感する。

この穏やかな生活が、幸せなのだ。瑠瑠は微笑むと寝台をおり、絨毯のうえに立つと、鏡の前で身支度を始めた。生地の厚い冬用の長衣を頭から被り、下にはゆったりとした袴をはくと、腰のあたりを絹布で縛った。

朝の祈りを終えると、小父と母、哈爾と一緒に食事をとった。小父と哈爾は昨夜の話題に触れない。

たとえ家族でも、大事なことはこうして黙っているものなのか。

少し寂しさを覚えたが、瑠瑠もまた母に婚姻話を聞かせたくない。母を、心配させぬためにも。

「お母様、今日は私、でかけてくるわね」

あえて朗らかに告げると、母は微笑んだ。

「どこにいくの？」

「月華様のところよ」

「あら。また呼ばれたの？」

母が小父を見る。小父が「そうだよ」と答えた。落ち着いた声は、聞く者を安心させる。瑠瑠もまた母を不安にさせないために微笑み、小父と哈爾を見た。彼らはあいかわらず、穏やかな表情だ。

黙っていることは、嘘《うそ》をついているのとは違う。正直に話せば、母は瑠瑠がぶじに帰るまで心を乱しながら待つだろう。だから、小父も兄も瑠瑠も、沈黙を選ぶ。

それは、優しさからだ。守りたいから、そうするのだ。

瑠瑠は黒の巻き毛を、落ち着いた紫色の絹布で隠すと、大切な宝物を箱に収める時のような心地で、家の扉を閉じて外に出た。あたりには霜が降りていた。

瑠瑠は霜の降りた風景が苦手だ。霜がある朝は静かで凛《りん》としており、空気がきりっとしているが、去年はその中を瑠瑠たちは逃げるようにして旅立った。

瑠瑠は義六《ぎろく》の馬車に乗った。馬車は趙家《ちょうけ》をまっすぐに目指した。

瞼《まぶた》を閉じると、月華の姿がうかんだ。先だって、月華は困っていた母娘《おやこ》に手をさしのべた。これまでも、月華は明らかに人を救おうとしてきた。

瑠瑠は門前で馬車を降りると、力強く地を蹴って、趙家の門をくぐった。小愛《しょうあい》につれられて、邸内を歩く。寒風が吹きすさぶ院子（庭）に月華の姿はなく、彼女は暖かな房室の椅子に座っていた。

豊かな黒髪を結いあげ、金の簪を挿している。耳には翡翠《ひすい》の耳環《じかん》を垂らして、真珠の首飾りをしていた。ぬけるような白い肌をしており、その顔には化粧をほどこしてある。彼女の品のよい眉毛と、ささやかな鼻、薔薇色《ばらいろ》の頰に、紅くて薄い唇は、どこか人形めいた美しさがあった。

豪奢《ごうしゃ》な旗袍《チーパオ》を身にまとい、足を組み、裾から小さな爪先をのぞかせながら、月華は茶杯を手にしている。

今日もまた茶を飲んでいる。けれど、ただようのは甘い香りだ。

「猫か。どうした？」

月華が瑠瑠を手招いた。目尻を緩ませて、笑みをうかべている。瑠瑠に見せるその表情は、出会った時とは違っている気がした。

「猫ではありません。月華お嬢様」

「それでは、おまえはいったい何をしに来た？」

瑠瑠は月華の前で拝礼をした。

「月華様、お願いがあります！」

「なるほど。興味がない」

「なぜそのようなことを言われるのですか！　まだ詳しい話もしていないのに！」

「おまえの形相を見れば、婚姻の話だとすぐにわかる」

瑠瑠は慌てて自分の頬に手をあてた。見透かされていることがなんだか悔しかったが、瑠瑠は言葉を続ける。

「そうです。望まない結婚をせまられている娘さんがいます」

「女であれば、望まぬ婚姻などめずらしくはない。おまえもわかっているはずだ」

月華の言葉に、瑠瑠は心の傷に触られた気がして唇を噛んだ。

撒馬爾罕の高官に求婚された時、瑠瑠の両親は、瑠瑠に自由に生きるよう望んだ。けれど、瑠瑠の両親のような考えかたをする人は少ないし、求婚を拒んだから、瑠瑠の父は死んだ。

女は、男に望まれたら、応えねばならない世の中だ。

しかし、当時、もしも瑠瑠を助けようとする人がいて、その人が高官の魔の手を防げたら、家族は助かった。

「望まぬ結婚すら、女にとってあたりまえなことでも、私は娘さんを救いたいと思うのです。お知恵をお貸し下さい」

「家同士の関係による」

月華は話を聞こうとしている。その姿勢を感じて、瑠瑠は急いで告げた。

「娘さんのお相手は漢人八旗に属する董賢様です。結婚を拒む娘さんと、その娘さんとは別に、何か事情を抱えた妾のかたがいるのです」

「なるほど？」

足を組み替えて、月華は瑠瑠を見下ろした。

「詳しく話を聞こうか」

4

緩やかな坂道に、石階段が造られている。まっすぐに伸びた石階段の両脇には、手入れされた木々が等間隔に植えてあり、木の葉の影が階段に落ちていた。

巳時《しじ》（午前九時から十一時）は、明るくとも寒さが強く、石段を踏む足音が鋭く響く。瑠瑠は大門にたどりつくと、膝に手をあてて大きく息を吸った。汗が背中を流れていくのが少し嫌だ。後で冷えて、寒くなるだろう。

石造りの大門には扁額《へんがく》が掛けられており、『炎真会《えんしんかい》』と書いてあった。

瑠瑠はほっと息を吐いて、大門を抜けようとした。

「こんにちは、娘さん」

とつぜん声が聞こえて、瑠璃は悲鳴をあげそうになった。

立っているのは箒《ほうき》を持った青年だ。辮髪《べんぱつ》をしている。黄色の色褪《いろあ》せた上衣に、黒の下衣をはいていた。上衣の裾丈は短いが、腰の部分を帯で締めている。下衣は袴になっていて、履《り》（ブーツ）の中に入れ、袴の裾が広がらないようにしていていた。

年齢は二十代前半だろうか。穏やかな微笑みをうかべている。

「こんにちは。あの、私は、瑠璃と申します。今日は、党首の王浩然《おうこうねん》様に、趙月華様からの手紙を持ってまいりました」

瑠璃は手紙を見せた。そこには、王浩然に宛てて、趙月華の印がしてある。

「そうですか、では、こちらに」

青年が歩みだしたので、瑠璃はあとを追った。

赤く染められた建物を抜けると、威勢のいい声が聞こえてきた。視線をむけると、鍛錬をしている男たちがいた。

大人から童子まで、皆が円を書くように並び、中央を見据えている。

そこには、ふたりの男性がいた。

お互い気合の声をあげ飛びかかる。片方が素早い蹴りをくりだした。相手はその動きを手で受け流して、反撃の拳を突き出す。その手を取って、片方が背負投げをした。そして、転がした相手に拳を突きつける。

「行きましょうか、瑠瑠さん」

声をかけられて瑠瑠は我に返った。

青年に続いてさらに奥へと進み、母屋と思しき建物に入った。

「こちらですよ、どうぞ」

青年が扉を叩いて、先に中にはいった。それから、瑠瑠を招き入れる。

房室の中には老齢の男性が、縦長の卓の前に座っていた。視線がむけられて、瑠瑠の背筋が自然と伸びた。

「私は瑠瑠と申します」

「わたしが王浩然だ。よくきたね。外は寒かっただろう?」

王浩然のねぎらいに瑠瑠はほっとした。

「お気遣いありがとうございます。それで、こちらが……」

瑠瑠が手紙を渡すと、王浩然が開いて、紙面に視線を落とした。

「なるほど。力を貸してほしい、と」

「どうかご助力願います」

「どうやら、詳しく話を聞かねばならないね」

「それでは!」

「ああ。では、まいろうか」

瑠瑠は王浩然と門を出ると、石階段をおりて、馬車に乗りこんだ。

馬車は趙家を目指して駆ける。

「瑠瑠さんは、炎真会のことをどれくらいご存知なのかな？」

「それが、あまり……」

「炎真会は少林寺僧《しょうりんじそう》が集う寺院であり、治世のためにご助力している。そのため我らも日々鍛錬を続けているのだよ」

「北京を守ってくださっているのですね」

「うむ。しかし、月華様はあいかわらずだ。自分の危険もかえりみず、困っている者を助けるために動かれる。昔から情に厚いかただ」

王浩然が過去を懐かしむように目を細めて、誇らしげに言った。

「昔とは？」

「かつて、月華様に武術をご教授したことがある」

「武術を習っておられたのですか？　月華様が？　なぜ……」

月華はお嬢様だ。産まれたときから守られ、大切に育てられていたはず。それなのに、武術を習っていたのか。今の月華からは考えられない。

「必要にせまられていたのもある。それに、彼女は身体を動かすのが好きだった」

「では、どうして今は——」

問いかけようとして、瑠瑠は自分の愚かさを悔いた。王浩然は、瑠瑠の言葉に驚いたような顔をしたが、何も言わなかった。

趙家に到着すると、すぐに家令（執事）があらわれて、王浩然を歓迎した。

「旦那様は、今ご不在ですが」

「よいのです。月華様にお会いしたい」

もちろんですと家令は小愛に目配せをした。

小愛はいつものように、瑠瑠たちを月華のもとに案内した。

月華は暖かな房室にいた。王浩然の姿を見ると、

「お久しぶりです、王老師」

と立ちあがろうとした。そんな月華を、王浩然が手で制した。

「ああ、いいのだよ。座っていなさい」

月華は微笑み、椅子に深く座りなおすと、瑠瑠を手招いた。

瑠瑠は急いで月華の足元に座り、いつものように月華を見上げた。

「猫よ、おまえの願いについて話そう」

「はい！　月華お嬢様！」

「董賢は瓜爾佳《グワルギャ》・鰲拝《オボイ》の配下だ」

「聞き覚えのある名です」

月華が「そうだ」と頷いた。

鰲拝は、梨児の一族に罪を着せて処刑に追い込んだ大臣だ。

「石微は董家に娘を嫁がせたことをきっかけに、そこで会計録（歳入歳出の出納《すいとう》を計査した記録）を管理するようになった」

月華が「繋《つな》がったな」とにやりと笑ったが、瑠璃には何の話なのかわからない。

月華が続ける。

「我が父もちょうど調べていたところだ。金の動きがおかしいことはわかっても、証拠がなくてな。石微が関わっているのなら、娘を守るために口をつぐんでいることも頷ける。石園は外からは見えないところで、何かひどい目にあっている」

「ですが、石園さんは高価な物に囲まれていたし、粗末なあつかいを受けているようには見えませんでした。閉じこめられているわけでもないのに、どんなひどい目にあっているのでしょう？」

「侍女は助けてくれと言ったんだろう？　もうひとりの娘に結婚をやめろと言うのは、石園が寵愛《ちょうあい》を失う恐れからではなく、董賢に嫁げば不幸になると知っているからだ。石微は会計で、石園は妾。ふたりはそろって董賢のもとにいる。これは、お互いが人質の状態だ」

「お互いが人質って、どういう意味ですか？」

「娘は父のために董賢のもとから逃げられず、父は娘のために董賢のもとを去れぬ」

「それが真実なら、父娘はどちらも幸せではありませんね」

瑠瑠はふたりの心情を察して、胸が苦しくなった。

「まずは石園から逃がそう」

最初は、暇つぶしで瑠瑠を駒のようにして遊んでいただけかと思っていた。けれど、その実、月華は人を助けるために手をさしのべてくれる。

「そこに、炎真会の力が必要というわけですね？」

瑠瑠は大きな声で、「創造主よ、望まれることが起きました！」と阿拉伯《アラビア》語で言った。

5

正午少し前だ。光は輝いているが、瑠瑠の体は冷えていた。風が強く、手の指がこわばり、すぐに体温が奪われる。だが、ふるえるのは、寒さのせいだけではない。はたして今日は、無事に帰ってこられるだろうか。

「小父様、石園さんは私たちを選んでくださるでしょうか？」

告げる自分の声がこもる。瑠瑠は顔布をつけていて、小足に見えるようにつくられた偽の纏足靴をはいている。足の大きな女性や、女形《おんながた》などがはくことがあると聞いた。瑠瑠は天雲《てんうん》を思い出した。天雲と藍暁《らんぎょう》は元気にしているだろうか。

「作戦どおりにいこう。だが、彼女が望まなければ、無理強いはできないね」

同じく荷馬車に腰掛ける小父の横顔は、静かだ。恐怖や不安を感じていないのだろうかと思ったが、それは違うだろう。小父は心を落ち着かせているのだ。大人だなと感じた。

それに対して、自分はやはり童子なのだと実感する。もう少し成長したら、自分も小父のような大人になれるだろうか。

荷馬車が別邸の前に到着する。瑠瑠と小父はおりると、小父が門番に近づいた。

「おや、康さんじゃないか。めずらしいな。この前来たばかりだろう」

「石園さんに新しい纏足靴を頼まれたので、急いで来ました」

「それは、夫人も喜ばれるな」

門番の言葉に小父は頷いて、瑠瑠に手を差し伸べた。瑠瑠はほっとしながら、小父の手を取った。いつもより歩幅を狭く変えて、内股《うちもも》に力を入れてちょこちょこと歩む。

手に手を重ねて導かれているのに、それでも体の均衡がとりにくく、思うように歩けない。一歩一歩を慎重に進む。転んだら最後だ。瑠瑠の偽の纏足靴に気づかれたら、謀《はかりごと》は失敗に終わる。

母屋が遠い。もどかしさゆえに、月華たちの足を思い返した。偽の纏足靴でもすでに辛いのに、小さな靴に収まった足で歩くのは、ひどく疲れることだろう。

邸内に入ると、この前見た侍女があらわれて、嬉しそうに瑠瑠たちを石園のもとに案内した。

「こちらです」

「ありがとう。今日はあなたも房室に入ってくれ」

「それは構いませんが、どうかされたのですか？」

「君たちに話があってね」

小父がうながすと、侍女が困惑しながら「石園様、入りますよ」と扉のむこうに声をかけた。

「どうぞ」

房室に入ると、石園は古蘭を開いていた。

「あら、お久しぶりですね、康小父さん」

石園が小父を見上げて、可憐《かれん》に微笑んだ。

「君の不幸を知らず、長く苦しませたね」

小父の言葉に、石園が目を見開いた。

「どういう意味でしょうか？」

「そのままの意味だ。君たちならわかるだろう？」

石園が侍女を見た。侍女は険しい顔をしている。こんな顔をする人だったのかと、瑠瑠は内心で驚いた。

「私たちは、君たちを助けるために来たんだ」

侍女がさらに何かを言いかけたが、その前に石園が唇を開いた。

「逃げられません」

「いや、逃げなければならない。君と父上が助かるには、まず、君が助かるべきだ」

「私がここにいるのは、創造主の采配なのです。創造主がお望みなら、どんな試練も受け入れます」

創造主の試練は、回教の教えだ。瑠瑠は石園の前に立ち、「ならば」と進み出た。

「今こうして私が石園さんの前にいて、助けにきたこともまた創造主の采配ですよ」

自信をもって告げると、石園が瞳を揺らめかせて瑠瑠を見た。

「……本当に、父と私は助かるのですか？」

「そうだ、けれど機会は一度きり。うまくいけば董賢を失脚させられる」

「会計録ですね」

「知っているのか」

「想像がつきます。旦那様が、私を別邸に置いている理由です。旦那様は父を利用したいのです。それも、口外できないことに。……父は悪いことをするような人ではありません。悪いことをさせられているのです！」

「石微がそんなことをするやつではないことは、わかっているよ。だから助けに来たんだ」

「石園様をつれて逃げてくださるのですか？」

侍女が言った。

「あなたは、よき侍女だ。あなたが力を貸してくれるのならば、石園さんは無事にここを出られます」

侍女がじっと小父を見つめた。

「本当ですね？」

「信じてほしい」

「康小父さんがそう言われるなら、私は信じます。ね？」

石園の言葉に侍女が頷いた。

「では、まずは瑠瑠と入れ替わってくれ。それから、君は私と別邸を出る。そうしてから、我々のほうで石微を逃がす。その際、石微には会計録を持ってきてもらう。君たち父娘が助かるまで、瑠瑠はこの別邸に留《とど》まる。すべてがうまくいったら、瑠瑠は逃げる」

「それでは……あまりにも瑠瑠さんが危険ではありませんか？」

「脱出には、武術に長《た》けた者が力を貸してくれることになっている」

「脱出するまでは？」

「そこは、石園さんが最も信頼しているあなたに、協力していただきたい」

小父が侍女を見つめると、侍女は力強く頷いた。

「夫人がここを逃げられるならば、なんでもいたします」

「そんな、あなた……」

「いつか夫人をここから出してさしあげたいと願っていたのです」

「でも、私が逃げたとわかったら罰をうけるわ！」

「きっと、うまくいきます。だから私のことは気になさらないでください。どうとでもなります」

石園の頬を涙が一筋流れた。

「ありがとう。ありがとう。私の味方でいてくれて。康小父さんも、瑠瑠さんも、おふたりとも危ないところまで助けに来てくださった。本当にありがとうございます」

「感謝などいりません。私は、あなたを助けたいと思いました。だって、私は、かつての自分とあなたを重ねました。あなたが救われたら、私も救われる気がします。これまで耐え忍んだのですよね。強いかただと尊敬します。どうかこれからは家族を大事にして、幸せになって」

　石園が「そうね、幸せに、よね」と小さく頷いた。

「せっかく足を小さくしたのに、まさかこんな結婚をするなんて」

「足を小さくするのは怖くないのですか？」

「あ、そうね……あなたに纏足は遅すぎるものね」

　うらやましいわけではないが、そう思われたようだ。誤解を解く気はない。矯正した足と普通の足、どちらの足が良いかを問うことで、石園と険悪にはなりたくない。

「纏足するにはもう遅いって、ほかの人にも言われました」

「そうなのね。私は、実は、纏足を始めたのが遅くてね。たいへんだったの」

「それは、すでに足が育っていて、纏足をするのが難しいからですか？」

「そうなのよ。私の父母は、私に纏足をさせるか迷っていたの。痛いと聞いていたから。でも私はしたかった。皆もしているし、小さい足にすればするほど幸せになれるのだから。だけど、何度か腐った時は苦しかったわ。さらに小さくなるってわかっていたけれど、痛みが激しくて、泣きわめき続けたの」

　瑠瑠は顔をしかめた。骨を折り、肉を腐らせ、小さく矯正された女性の足を称賛する人々の気持ちがわからない。いびつな足を尊ぶ人の価値観もまた、奇妙に矯正されているのではないか。矯正があたりまえになっている世界に、瑠瑠は目眩がしそうだ。

「そんなに時間があるわけではないのだよ？」

小父の言葉に我に返った。

「すみません、小父様」

「さぁ、入れ替わってくれ」

小父が瑠瑠たちをうながしてから、廊下に出た。

瑠瑠は手早く鞄から、はいてきた靴と同じ意匠の纏足靴を取り出した。それを、石園の足元に置いた。自分の顔布を外して、衣服を脱いで、石園にすべて渡す。

「あの、私……」

石園が戸惑うような様子を見せた。

「急ぎましょう、石園さん」

同じ女性同士だからと気にならなかったが、石園としては、衣服を脱ぐところを見られるのは恥ずかしいのだろう。

石園はぎゅっと瞼を閉じてから、「そうね……」と言い、服に手をかけた。肌があらわになる。その姿を見て、瑠瑠は目を疑った。

「なんていうことなの」

瑠瑠はそこで、すべてを知った。

6

瑠瑠は椅子に座り、古蘭を開いてじっと待った。小父たちが無事に邸宅を出て、会計録を持った石微を董家から逃がすまで、別邸に留まらねばならない。

石園に告げたように、瑠瑠が今ここにいるのは創造主の導きだ。なすべきことを、なさねばならない。

瑠瑠は大きく息を吸って、吐いた。それから、窓に視線をむけた。窓際に一羽の小鳥がとまった。ささやかで愛らしい鳴き声を奏で始める。瑠瑠はあらためて、院子を眺めた。木々は枯れているが、落ち葉の掃除がきっちりとされている。草は抜かれ、ほんのり色づく花々が咲く。平穏な房室から見る景色は美しかった。

それに、外は冷えきっているが、房室は火鉢の暖気に満ちている。室内の調度品は少ないが、どれも高価だ。

石園は質のよい物に囲まれて暮らしていた。けれど、それは外から見た石園で、実際は違った。

石園の腕には、黄色や青紫色の痣《あざ》がたくさんあった。痣は体中にあると言う。暴力を受けていたのだ。それを、ずっと我慢するほかなかった。瑠瑠は石園の立場を想って泣きたくなったが、ぐっと耐えた。

前だけ見なければならない。石園はこの試練を耐えぬいて、幸福になるのだ。

石園は、小父に支えられて房室から出たが、きっと歩くごとに痛みが走って辛いだろう。けれど、頑張ると言っていた。

石園が途中で多少よろめいても不審がられないように、瑠瑠は屋敷に入ってくるときに演じてきた。

うまくいきますように。

外が騒がしくならないか、瑠瑠はしばらく息をひそめ、耳をすませていた。

微かな足音が聞こえてきた。瑠瑠はびくりと体をふるわせた。誰だろう。あの侍女でなければ、入れ替わりを知られてしまう。

そうしたら、何もかも失敗する。

足音が房室の前でとまった。瑠瑠は息をつめた。

「夕餉《ゆうげ》をお持ちしました」

その声に、あの侍女だとわかった。瑠瑠はほっとして、「入って」と呼びかけた。

侍女が房室に入り、卓に盆を置いた。瑠瑠は箸に手を伸ばしたが、空腹なのに食べる気にならない。

「少しでもお食べください。何があるかわかりませんから」

「そう、ですね……」

瑠瑠は微笑みを作って、皿を手に取った。少しずつ口に運ぶ瑠瑠を、侍女が優しい瞳で見ている。

「食後は、お休みになられたことにいたします。そうすれば他の者は来ませんから」

瑠瑠は箸を置いて、侍女に問いかけた。

「どうして、助けてと言ったのですか？」

侍女がふっと微笑んだ。

「私には娘がおりましたが、早くに亡くしました。だから、同じ年頃の石園様を、娘のようにお世話していました。石園様は幸せそうではなかったから、助けてさしあげたかった」

侍女が助けを求めたから、瑠瑠たちは違和を覚えた。結果として、侍女の想いが事態を変えたのだ。

「この後はどうされるのですか？」

「私はこの別邸に留まります。康様が言われたとおりに旦那様が失脚するのであれば、この屋敷を離れることができます」

侍女は「どうか何もかもがうまくいきますように」と房室を出ていった。

瑠瑠は合図を待った。すべてが順調に進めば邸内に炎真会の者があらわれて、瑠瑠をつれて出ていく手はずだ。

夕日が院子を照らし、空はゆっくりと暗くなり始めた。木々の幹に濃い影がかかり、花の色は隠されてゆく。

予定よりも迎えが遅い。炎真会が忍んで来るとは聞いているが、本当に来てくれるのだろうか。父娘は助かったのだろうか。石微か石園の脱出が失敗に終わっていたら、董家は逃がした瑠瑠を許さないだろう。石園の痛みを想像して、瑠瑠はぞっとした。

婚姻を拒んで父を亡くした、そんな過去の自分を救いたかった。けれど、月華に助けを求めたように、少女たちを救うと言っても、ひとりでは何もできない。

こうして屋敷から出られず、ただまわりの動きを想像して、あせりながら待つだけだ。こんな状態がずっと続いたら、たまらなく苦しくなるだろう。気が変になるかもしれない。

月華の気持ちがわかる気がした。こんなに時間があっても自分で動けないのなら、それはとても退屈で、それでいてもどかしく、辛いものだろう。

月華が刺激を求め、楽しみを欲するのは当然のことなのかもしれない。今、月華は何を考えているのだろう。瑠瑠が戻るように、心配しながら待っていてくれるのだろうか。

月華も、瑠瑠の無事を願っていてくれるだろうか。

あせりと緊張で吐き気を覚えた頃、ふいに犬の遠吠《とおぼ》えが聞こえた。

合図だ。

塀のうえを見ると、人影があらわれた。瑠瑠は立ちあがると、髪を隠している絹布を解《ほど》けないように首にまわして縛り、窓を開けた。

警備の姿は今なお見えない。石園は見えない枷《かせ》で囚《とら》われていたから、誰も、石園が逃げ出すなど考えていない。

瑠瑠は音をたてずに窓の外に出た。地を踏みしめる。とたんに、よろめいた。纏足に見える靴は不安定で歩きにくく、ましてや、走るのは難しかった。

瑠瑠は靴を脱ぎ、抱えて走りだした。靴下で土を踏む。ときどき小石が混じっていて痛い。

塀の側《そば》には、真剣な面持ちの青年が立っていた。

「待たせましたね」

炎真会の門前を箒で掃いていた青年だ。

「石園さんと石微さんはどうなりましたか?」

「話はあとで。急ぎましょう」

瑠瑠は頷き、東棟の裏手の塀にむかった。塀は瑠瑠の背丈ほどあり、縄梯子《なわばしご》が垂らされていた。

瑠瑠は青年に靴をあずけ、縄梯子を摑《つか》むと一気に塀の上に登った。見下ろすと、別の青年がふたり待っており、瑠璃にむかって手を伸ばす。

瑠璃は気合を入れて飛びおりた。

「よく耐えましたね」

青年たちが瑠璃をねぎらったので、瑠璃は安堵《あんど》して涙がこぼれそうになった。

「さぁ、俺たちは月華様のところにむかいましょう。表通りに馬車を待たせているから、そこまで頑張って！」

瑠璃は青年たちと共に、細い道を駆け下りた。

7

表通りにおり立つと馬車が待っていた。馬車の隣には、王浩然と背の高い女性が立っている。小愛だ。

瑠璃は見知った顔にほっとして、王浩然に「助けてくださって、ありがとうございます！」と声をかけてから、小愛に駆けよった。

「石微さんと石園さんは、どうなりましたか？」

「趙家が匿《かくま》っております。石家の罪は、銀で贖《あがな》いました」

「罰金を払ったということですか？」

「そうです」

「それでは、今はいったいどこにおられるのですか？」

「それは教えられません」

きっぱりと言われた。確かに、秘密を知る者は少ないほうがいい。

「この馬車は趙家にむかうのですよね？」

「はい。月華様に無事な姿を見せてさしあげてください」

家族はいつでも瑠瑠の帰りを待っていてくれる。けれど、月華はどう反応するだろうか。瑠瑠は想像して微笑んだ。

瑠瑠はふと、小愛とふたりきりになるのは初めてだ、と気づいた。

じっと小愛を見つめる。小愛は瑠瑠の視線に気づいて、瑠瑠をまっすぐに見つめた。黒曜石のような瞳だ。視線は鋭いけれどそれが綺麗だった。

「どうして月華お嬢様は、私たちを猫と呼ぶのでしょうか？」

月華はふたりを、『外猫』と『家猫』と表現するが、瑠瑠と小愛に共通点は見つけられない。

「月華様は、犬がほしいわけではないのです」

「どういう意味ですか？」

「月華様は、簡単に忠犬を手に入れられる立場にいらっしゃいます。けれど、あのかたは、それに飽きていらっしゃる」

「だから、猫?」

「はい。命令したら従うだけではお嫌なのです」

「……難しいお嬢様ですね」

「外猫は、自分の世界を持っていて、自ら来てくれない限りは会えません。ふとした時に、よりそってくれる、そんな存在をお望みです」

小愛の言葉を聞いて、瑠瑠は考えこんだ。月華は強大な力を持っていて、瑠瑠はその命令に従わなければならない。そうしないと、小父が困るからだと思っていた。

だが、たとえ月華の命令に従わなくても、瑠瑠が正しいのであれば、受け入れる。そういう人だと、今は感じる。

馬車は趙家の門前に着き、小愛が先におりた。続いて瑠瑠が馬車を出て、小愛の案内で月華の房室にむかった。

月華から、どんな言葉が出てくるだろう。

小愛が扉を開いた。

「月華お嬢様、瑠瑠です。戻ってまいりました」

月華は椅子に座っていたが、瑠瑠を見て立ちあがった。

「戻ったか!」

瑠瑠は目を疑った。まさかこんな反応をされるとは思ってもみなかった。待つことしかできない苦しみを、今の瑠瑠は理解できる。自分が正しい采配をしても、それが確実に果たされたかどうか、結果が届くまで確かめられない。

月華が瑠瑠を手招いたので、瑠瑠は迷わず近づいた。

「無事でよかった」

こんなに月華の気持ちが痛いほどわかったのは初めてだった。

月華が乱暴に椅子に腰掛ける。その時、小さな靴の爪先がふたつ見えた。この小さな足で、瑠瑠のために立ったのだ。

月華と視線が交わる。

月華は、いつものように瑠瑠を見下ろすのではなく、瑠瑠をわずかに見上げていた。

8

康熙八（一六六九）年、一月三日、瑠瑠は馬車に乗っていた。厚手の肩掛けをしても肌寒く、息が白い。それでも胸ははずんでいた。

空には花火、地では爆竹の音が、三日前から昼夜問わずやむことはない。それらに混じって、太鼓や銅鑼《どら》の軽快な音色とともに歓声があがる。

東の方角から、丸い玉《ぎょく》を追う龍があらわれた。玉は大人の頭ほどある。棒の先端にある玉を男が動かしており、龍がそれを我が物にしようと迫る。龍は一匹だが、巨大だ。十数人の男たちが、縦に長い龍の胴体を棒で支えて動かしている。その躍動感はまるで本当に生きているかのように思わせた。

春節《しゅんせつ》——中国の元旦を祝う祭りは、一年のうちで最も大切にされている。

家々は赤い布の飾りや提灯《ちょうちん》を垂らしていた。それらにはたいてい、「福」の字が上下逆に書かれている。

なぜだろうと瑠瑠は顎に指をあてたが、しばらく考えても答えがわからない。

「あのかたは教えてくださるかしら？」

瑠瑠は呟くが、その音は歓声にかき消され、義六の耳まで届くことはないだろう。

まもなく、義六の馬車は趙家の前に到着した。すでに多くの馬車が停まっている。大きく開放された趙家の門を、何人もが出入りしていた。門には、文字が書かれた紅紙《こうし》が、左右対にして貼られている。瑠瑠は義六の馬車からおりた。

「先に帰っていてね」

人混みの中、馬車を待たせておくのは難しい。帰りは流しの馬車を拾うつもりだ。

瑠瑠は人の流れに沿って、門に近づく。

「月華お嬢様に、新年のご挨拶にまいりました」

顔なじみの門番にも挨拶をすると、門番は瑠瑠に微笑んでくれた。

邸内は外よりもにぎやかだった。院子にむかうと、卓と椅子がいくつか置かれており、男女が茶杯や酒杯を傾けていた。童子たちが走りまわる声がする。

院子の中央には、赤と白の獅子舞《ししまい》がいた。獅子たちは調子にあわせて踊り始める。どちらも幼さを演じているようで、甘える猫のような動作で愛らしい。

瑠瑠はあたりを見まわして、月華の姿を探した。いつもは院子に置かれた椅子に座っていることが多い。けれど、今はその椅子もなければ、彼女もいない。

「こちらです」

とつぜん背後から声がして、瑠瑠は小さな悲鳴を上げてふりかえった。

小愛が立っていた。

瑠瑠は小愛の凜とした広い背中を追って、卓を避けて院子の奥にむかった。あたりには笛の音が響いていたが、瑠瑠が舞台に視線をむけると、ちょうど終わった。

まもなく、次の楽師たちがあらわれた。瑠瑠は思わず立ち止まった。楽師たちは四角い帽子を被り、柄のない長衣に、ゆったりとした袴をはいている。短い黒髪に、濃い色の眉毛、彫りの深い目鼻立ちだ。

楽師たちは、懐かしい曲を奏で始めた。西域の音色だ。瑠瑠は自分の瞳が潤むのを感じた。

「瑠瑠、なにを呆《ほう》けておる！」

月華の声に瑠瑠は我に返り、駆け足で近づいた。

「すみません、月華お嬢様。故郷の音色が聞こえてきたので」

「嬉しいか？」

もしかして、瑠瑠のために用意してくれたのだろうか。その想像に、瑠瑠はうかれた。

「はい、嬉しいです」

瑠瑠の反応を見て、月華が満足そうに微笑んだ。

その時だった——。

「趙家は国家転覆を企てた！　その罪により、趙家の一族を捕縛する！」

大勢の足音が趙家の門のほうから聞こえた。瑠瑠は月華を急いで見た。

月華は門のほうを見ていた。その横顔は真剣で、これから襲いかかる困難を予期しているかのようだった。

第六話

1

瑠瑠《ルル》は走っていた。ふりかえる余裕はなく、一刻も早く趙家《ちょうけ》から離れねばならなかった。

大粒の雨が降ってくる。体にあたって痛いほどの勢いがある。

久しぶりの大雨だった。こんな天気になるなんて、朝には考えられなかった。

瑠瑠は趙家を訪れて、新年の挨拶をしたばかりだ。趙家一族が集まり、訪問客が代わる代わるやってきて、にぎやかな宴《うたげ》がもよおされていた。

それが、今はどうだ。街路を彩る赤色の装飾が風雨にさらされて、不気味にはためいている。街路から人の気配は消え、水たまりを踏む瑠瑠の足音だけがした。

「月華《げっか》お嬢様、もうすぐですから！」

声をかけたら、よけいに息苦しくなって、瑠瑠は喘《あえ》いだ。白い吐息が帳《とばり》のように広がり、顔にかかる。体は燃えるように熱い。

早く、早く、とにかく早く。

瑠瑠の背中には月華が乗っている。背負った時には驚くほど軽いと思ったのに、今はずっしりとした重みを感じる。

命の重みだと、瑠瑠は月華を背負いなおした。

月華からは何の返事もない。泣いているのだろうか。怒っているのだろうか。困惑しているのだろうか。

月華の気持ちを探りながら道を曲がろうとしたとき、体の平衡が大きく崩れた。ぐらりと倒れそうになったところを、ふんばった。

倒れてなるものか。

雨か自分の汗なのかわからない雫《しずく》が、顔を流れて、顎から垂れる。

瑠瑠は月華の足だ。月華のぶんまで、瑠瑠が走る。皆から託された想《おも》いがある。体は悲鳴をあげていて、すぐにでも立ちどまりたい。休みたい。だが、駆けねばならない。

いや、瑠瑠が月華のために、そうしたいから、駆けるのだ。

雨足がさらに強くなった。まるで、瑠瑠の心を挫《くじ》こうとしているかのようだ。

どうしてこんなことになってしまったのだろう――。

回教（イスラム教）の街へ続く道が見えた。瑠瑠は牛街《ぎゅうがい》に飛び込んだ。ここは、瑠瑠の住まう場所だ。少しだけ心が落ち着いた。

寺院の前を通り抜け、表通りに面した家を目指した。そこは、瑠瑠の自宅と呼んでもいいくらい馴染《なじ》んだ場所だ。

門を通り抜けて、扉を開ける。全力で走った足はふるえ、座りこみたかったが、最後の力をふりしぼる。

「小父様《おじさま》！」

呼びかけに、奥から小父の康思林《こうしりん》が足早にでてきた。

「瑠瑠？　馬車はどうした」

義六《ぎろく》からは流しの馬車に乗って帰ると聞いていたぞ、と小父が驚いた声を出した。

瑠瑠は月華をそっとおろした。驚くほど背中が軽くなる。月華が背後で立った気配を感じた。小父の顔が、ぎょっとしたものに変わった。

「もしや、そのご婦人は」

「月華お嬢様です。趙家の一族は国家転覆の罪で捕らえられました。私は、お嬢様をつれて逃げよと小愛《しょうあい》さんたちに言われ、密《ひそ》かに屋敷を抜けでてきたのです！　それから皆がどうなったのか、私たちにはわからなくて！」

瑠瑠は床に座りこんで、何度も大きく息を吸った。

小父が月華の前に進みでて拝礼した。

「お久しぶりです、月華お嬢様。事情をお聞きしたいところですが、ずいぶんと濡《ぬ》れておられる。よろしければ浴室にむかってください。それから話をいたしましょう」

「わかった。私の靴は用意できるだろうか。はきかえたい」

「すぐ用意しますから、体を温めてください」

小父が瑠瑠に目配せをしたので、瑠瑠は頷《うなず》いてゆっくりと立った。月華の手を取り、転ばないように浴室にむかう。

ぶるりと瑠瑠は寒さにふるえた。ずぶ濡れになった体が急速に冷えていく。早く温まらなければ風邪をひきそうだ。

それは月華も同じだろう。唇にはまだ紅が引いてあり、それがいっそう顔色の悪さをひきたてている。

早く温めたい。急ぎ足になりそうだが、月華の歩幅にあわせてこらえた。

浴室の扉を開くと、石造りの床が広がっていた。正面の高いところに作られた玻璃《ガラス》の丸窓から、おぼろげな光が差し込んでいる。

風がないぶん、外よりは寒くない。肩から力が抜けて、はりつめていた緊張が緩んだ。

瑠瑠は立てかけてある大きな盥《たらい》を置いて、大きな桶《おけ》を手にした。

「そこにある椅子に座ってお待ちください。湯を運んできますから」

「わかった。手間をかける」

月華の礼に、瑠瑠は月華を見つめた。月華の瞳は澄んでいた。まるで趙家を襲った事件などなかったかのように泰然としていた。

けれど、月華は瑠瑠以上に激情を覚えているはずだ。それを、あらわにしない。だが、その奥に秘められた熱情があると瑠瑠は知っている。瑠瑠には、月華をもう人形とは思えない。強い人だと感じたが、自分の前では弱音を吐いてくれてもいい。心を開いてくれたらいい。

桶を抱えて、台所に急いだ。台所では、瑠瑠のために先んじて湯が用意されていた。母の阿伊莎《アイシャ》が桶に湯を注いでくれる。湯がこぼれないように慎重に浴室に戻った。

月華は瑠瑠が出ていった時と同じ場所に立っていた。簪《かんざし》や耳飾りといった装飾品を床に転がして、旗袍《チーパオ》に手をかけていた。どうして座らないのだろうと考えた瞬間、月華が瑠瑠を見上げて、ほっとしたような顔をした。初めて来た家でひとりになって、心細く感じたのだろうか。

桶から盥に湯を注ぎ入れる。水音と湯気があがる。

「先に、月華お嬢様が湯を使ってください」

「おまえが先に使え」

「風邪をひきますよ?」

「それはおまえもだろう」

「ですが……」

「おまえが先のほうがいいのだ。私は時間がかかる」

なぜ時間がかかるのかと考えて、瑠瑠は月華の足に思いいたった。歩くのさえままならない状態で、濡れてはりついた服を脱ぎ、座って身を清めるなど、月華には難しいことだろう。だから装飾品が散らばっている。座ることをためらって、手から離すほかなかったのだ。

ならば、と瑠瑠は月華の手を引いて椅子に座らせようとした。けれど、月華がふらついた。小さな足では体の調子をとりにくい。

矯正された足は月華の行動を制限する。どうしてこの国は、こんなにひどい真似《まね》を女性にするのか。聡明《そうめい》なはずの月華が、なぜ痛みや苦しみ、不便さを甘んじて受け入れたのだろう。

「どれだけ時間がかかっても、私はかまわないのです」

「……そうか」

月華がほっと息を吐いたのがわかった。そういえば、月華が瑠瑠に何かを頼るのは今日が初めてだ。使用人になら平然と命じられるはずのことを、瑠瑠にはしないのはなぜだろう。

瑠璃は考えながら、月華の髪を解《ほど》いて背中に垂らした。その時、浴室の扉が叩《たた》かれた。

「着替えを置いておくわね。靴もちゃんと用意してありますから」

「ああ、ありがとう、お母様」

瑠璃は阿伊莎が置いていった籠に近づいた。体を拭くための布と、二組の服があった。片方は瑠璃の故郷の服で、隣には旗袍と小さな靴が置かれている。

「この靴は、お嬢様の足に合うでしょうか？」

「私の足が三寸金蓮（約九センチメートル）なのは有名な話だ」

なるほど、と瑠璃は納得した。足の大きさで美が決まるこの纏足《てんそく》の国で、月華は至宝にあたいする。だが、瑠璃にとっては違う。痛々しくて可憐《かれん》な、自分と同い年の少女だ。

瑠璃はきゅっと唇を結び、月華の旗袍に手をかけて、濡れた衣を剝がす。ふと、懐に、硬いものがあると気づいた。

「月華お嬢様、これは……」

「大切な物だ」

丸い銀の懐中時計だ。龍の紋章が入っている。瑠璃はこれを以前見たことがある。懐中時計は月華が皇帝と繫《つな》がりがある証《あかし》だ。

「おあずかりしますね」

瑠璃は銀の懐中時計を籠にそっと置くと、装飾品をまとめて、同じく籠の中に入れた。

それから再び月華のところに戻り、肌着の襟を広げた。胸を隠すようにして、真紅の下着と思《おぼ》しき布があらわれた。花柄の刺繍《ししゅう》がされており、胸と腹を隠す一枚布だ。背中には布を結ぶ紐《ひも》が見える。それから、短い袴《はかま》（ズボン）をはいていた。

月華は、想像以上に華奢《きゃしゃ》な体をしていた。小柄で細い姿は同年とは思えない。触れたら壊れてしまいそうだ。

「瑠瑠よ」

真摯な顔が、そこにはあった。瑠瑠はきゅっと唇を結んで、月華の視線をうけとめる。

「私の靴をとりかえてみるか？」

「えっ？」

瑠瑠は一瞬月華の足に視線をむけた。月華が瑠瑠を見つめる。その瞼《まぶた》が一度閉じられて、再び開かれ、月華がふっと微笑《ほほえ》んだ。

「冗談だよ。ほら、ここからは私がひとりでやる」

「いえ、私が！」

靴を脱がせればいいだけなのだ、そんなことかと瑠瑠は月華の前に膝をついた。そこで、月華の足を間近で見て、ようやく月華が冗談にしようとした理由を察した。

人の足を、ここまで小さくできるのか。ここまで小さくするにはどれほどの苦しみがあっただろうか。

だが、月華はそれが当然の世で生きている。瑠璃には理解できない。なぜそのままの足を愛さないのだろう。

「覚えているか？　私の足を見て、可哀想《かわいそう》などと面とむかって言ったのはおまえだけだ」

「覚えております」

月華の靴の踵《かかと》に指を這《は》わせる。優しく剝ぎ取るようにして、そっと脱がせる。白い絹布が足を締め付けているのがわかる。

「布もとりかえよ」

「はい、月華お嬢様」

瑠璃は月華の足首から、布を巻き取っていく。途中まで解いて、手を止めた。足の裏がふたつに折られている。指先は三角形の型に嵌《は》まるように潰れていた。

なんという恐ろしいものを見ているのだろう。瑠璃は足から手を離したくなった。けれど、これが月華なのだ。月華のありのままの姿なのだ。

痛々しさに、瑠璃は涙が出そうだった。

布を解き終えてから、月華の下着を取り去り、その体に湯を掛けた。月華の白い頰に、赤みがさしていく。月華がよみがえっていくような気がして、瑠璃はほっとした。

けれど、月華の体を拭き清め、再び足に新しい布を巻き付ける段階になって、瑠璃はためらった。

「きつく。もっとだ」

月華の声がふってくる。瑠瑠はこばみたかった。布をきつく巻く手が、月華を苦しめていく。どうして苦しい真似を受け入れるのだろう。こんな風習をやめさせたい。

しかし、やめさせたとしても、いびつに矯正された足はきっともとには戻らない。そうと言って、変わってしまったものを非難するだけなのは幼すぎる。

月華の足に、靴をはかせる。小さく可憐な靴に、月華のいびつな足はすっぽりと収まった。

「瑠瑠。泣くな、瑠瑠」

「だって、お嬢様……」

「おろかだな、おまえは。纏足をしていようが、していまいが、私の魅力は微塵《みじん》も損なわれることがないのだぞ」

あいかわらずの傲慢な物言いが、よく似合う人だ。

瑠瑠は涙を拭って、微笑んだ。

「はい、月華お嬢様。あなたはとても美しい」

月華は何も言わなかった。ただ、瑠瑠に微笑み返した。その繊細さに、瑠瑠はまた涙が出そうになった。

2

康家の食卓の間には小父と哈爾《ハル》、阿伊莎がそろっていた。瑠瑠と月華が入ってきたのを見て皆が立ちあがる。

「温まりましたか？」

「ああ、助かった」

小父が月華を火鉢に近い椅子に座るよう、うながした。続けて瑠瑠もその隣に座る。

「何があったのですか？」

月華のむかいに小父が座り、重々しい声で問いかけた。

「父と兄が捕まった」

「先程、国家転覆の罪とお聞きしましたが、詳しいことはわからないのですね」

「そうだ」

趙家の混乱の記憶が蘇《よみがえ》る。怒号と悲鳴の中、逃げ惑う人々が警吏に取り押さえられていった。男性たちは引っ立てられ、女性たちはひとところに追いつめられた。

その中で、月華と瑠瑠だけが逃げおおせた。

「よくぞ、我が家までご無事で」

「私を逃がそうとする者たちがいた。瑠瑠もそのひとりだ。裏門から抜け出て、今に至る」

それは、月華ならば趙家を救えるかもしれないと、期待を託されたからだ。けれど、月華ひとりに何ができるのだろう。頼りにできる親族はおらず、地位は剝奪され、金銭もない。北京《ペキン》には月華を捕えようと奔走する警吏もいるかもしれないのに、逃げまわれる足もない。

「我が家が国家転覆など謀るはずがない。必ず、冤罪《えんざい》だと明らかにせねば。取り調べは、開印（御用始め）から始まるから、十九日だな」

「では、今日が三日ですから、残りは、十五日間」

瑠瑠が数えると、小父が頷いた。瑠瑠は椅子から立ちあがり、背筋をぴんと伸ばした。

「月華お嬢様なら、必ず真実を証明してくださると私は信じております。小父様は趙家のお世話になっているのでしょう？　ここで見捨てたりしませんよね？」

瑠瑠は皆から月華をあずかった。その信頼に応えたい。すべてを失った月華を、見捨てられない。

「正月中に捕まったとなると、拘束期間が長くなり、かなりの痛手ですね」

「そうだ。たとえ後日冤罪だとわかっても、その時はすでに多方面との繫がりが切れている」

瑠璃は、それだけではないはずだと気づいた。罪を疑われるのは、やましいところがあるからだと、世間は思いかねない。その印象は、すぐには拭えない。

「罪がないのであれば、早く真実を明らかにしましょう！」

「確かに、早くしなければならない。趙家がどんな罪を犯したとされるか仔細《しさい》はわからぬが、捕縛は間違いなく陛下が認めたものだ。このままでは、家の者は死刑になる」

「なぜ陛下がお認めになられたのですか！」

月華は皇帝の耳目《じもく》として動いており、趙家も皇帝を支えているはずだ。それなのに、どうして助けるのではなく、追いつめるような真似をするのか。

「趙家は清《しん》王朝の高官だ。陛下の許可がなければ、逮捕も審問もできない。国家反逆罪に問われる者と親しい関係にあったとなると、陛下の器量を問われることにもなる。陛下にはご事情があるのだろう」

「でも、死刑だなんて……そんな……」

「国家転覆の罪刑は、五刑《ごけい》の中でももっとも厳しいものだからな」

平然と月華が言う。だが、その言葉を聞いて、瑠璃はぞっとした。もっとも厳しいとなると、死は免れない。だが、具体的に、何をされるのかは、瑠璃にはわからない。

「五刑とはなにか、教えていただいてもよろしいですか？」

月華が「ああ」と鷹揚《おうよう》に頷く。

「我が国の刑には、『笞《ち》・杖《じょう》・徒《ず》・流《る》・死《し》』という五刑がある。たとえば、梨児《りじ》の実家であった蘇克薩哈《スクサハ》の一族は陥れられて、死刑になった。石微《せきび》は刑ではなく贖《しょく》（罰金）になった。これは、董賢《とうけん》に命じられて会計録を作っていたのであり、娘が人質になっていたうえに暴力をふるわれていた事実で情状酌量されたわけだが」

淡々と説明してから、月華は顎に手をあてた。まるで、月華には関係のないような態度だが、そうではないと月華自身がよくわかっているはずだ。月華の聡明な頭脳なら、容易に想像がつくだろう。不安や恐れを、すました顔のしたに隠しているのだ。

小父が立ちあがった。

「康家は趙家の皆さまを、死刑にしたくはありません。それこそ今までの繋がりがありますし、瑠瑠も助けたいと言っています。私も、そう思います。私たちは月華様をお守りいたします」

断言した小父の姿は、瑠瑠の瞳に頼もしく映った。

「よいのか？　危険になるぞ」

「趙家に罪はないのでしょう？」

「ああ。罪などない」

3

窓を覆う帳の端から、弱々しい光が差し込んでいる。体が重く感じるのは、湿った空気のせいだろう。瑠瑠は寝具から身を起こした。視線を感じて見上げると、月華が寝台に腰を掛けて、床に横たわっていた瑠瑠をじっと見ていた。

瑠瑠は慌てて飛び起きた。

「いつから起きていたのですか？」

「ずいぶん前だよ。おまえはよく寝ていたな」

「起こしてくだされはいいのに！」

「昨日は私を背負って走ったのだから、疲れていて当然だ」

「月華様は眠れましたか？」

月華がにやりと笑った。

「眠れなかった。おまえのいびきがすごくてな」

「えっ？」

顔が一気に熱くなった。なんと言っていいのかと、口をぱくぱくさせていると、月華が目を細めて、ふっと笑った。

「真に受けるな。おまえは静かだったよ。死んでいるのかと思うくらいに」

瑠瑠は不謹慎なと言おうとして、言葉の意味に気づいた。眠っている瑠瑠の様子を知っているのだから、月華は眠れていないのだ。

家族の安否もわからないのだから、たしかにまともに眠れるはずがない。月華をひとりにするのが心配で、愛猫の踏雪《とうせつ》は母にあずけて、客間ではなく瑠瑠の房室（部屋）にとどまってもらったが、正解だった。

「月華お嬢様、私はそう簡単には死にませんよ」

「そうか」

笑われるかと思ったが、月華はほっとしたかのように息を吐いた。

安心してくださいと言いながら、月華の昼用の纏足靴と纏脚布《てんきやくふ》を用意した。月華は今、夜用の纏足靴をはいている。昨夜、瑠瑠は夜用の纏足靴があると知って驚いた。睡《すい》靴《あい》というらしい。纏足に巻く布も、纏脚布と言うのだと教えてもらった。

足を締めつけながら寝るのは、苦しくないのだろうかと問いかけると、慣れてしまったよとかえってきた。

瑠瑠は手早く自分の寝間着を着替えてから、月華の靴と衣服をとりかえた。もはや、月華に対する恐れはない。もっと月華のことが知りたい。せっかく一緒にいられるのだから、心の距離を縮めたい。

「月華様、お聞きしてもいいですか？」

「なにをだ？」

「月華様って、どういう童子《こども》だったのですか？」

「どういうとは？」

瑠瑠は踏みこんでいいのか迷ったが、気になっていることがある。

「昔は、走っておられたと聞きました」

「ああ、なるほど」

月華がくすりと笑った。

「昔の私が気になるか」

「お聞かせ願えるなら」

そうだな、と月華が目を細めた。嫌だというような雰囲気は感じられない。

「あれは七歳の頃だ。私は家を抜け出した。当時、私の体は小さくて、とても簡単なことだった」

「えっ、何があって抜け出されたんですか？」

「退屈だったのだよ」

瑠瑠は思わず月華の足を見た。今はただその場に留《とど》まるしかない月華だが、昔は退屈であれば駆けでていった娘だったのか。

なくしたものが悲しい。月華には、本来、どれだけのことができたのだろう。けれど瑠瑠はそれを表情に出さないようにした。月華には見透かされているかもしれないが、だからといって、人を哀れむ態度を表に出すのはいけない。以前は、そうしてしまったので、今回はそうしたくない。

「懐かしいな。あの時の大通りでは、並ぶ商店から威勢のよい呼び声が響いていた。肉や野菜、麺に炒《いた》めものに点心《てんしん》など、爽やかな風に乗って香りがただよっていた。歩む者の顔も明るいものが多く、北京に住む者、旅人、行商人、山羊《やぎ》に驢馬《ろば》に馬が行き交う、少し汗ばむ春の日だった」

月華の語る北京の光景に、瑠瑠の胸は躍った。今は冬だから、春が待ち遠しい。瑠瑠は、まだ一度も経験したことのない北京の春を想像した。

「服は下女の物を拝借して、北京の下町の子のふりをした。路地裏から大通りに出ようとした時、人々が沿道に集まっていた」

「いったい、何だったのですか？」

「男が腕を鎖で繋がれ、足に重しをくくりつけられ、長い板を二枚あわせて中央をくり抜いた首枷《くびかせ》をつけられていた。沿道からは、非難の声とともに石や卵や腐った野菜が投げつけられていたよ」

「それって……」

瑠璃が言いよどむと、月華は瑠璃の反応をじっと見て、ふっと微笑んだ。まるで、子猫を見るような慈愛の瞳だ。

「私は、罪人を見ている人混みのなかに、私と同じ年頃の男児がいると気づいた。男児は群衆の人の間にはさまるようにして、前のほうに立っていた。質はよいが古びた服を着ていて、人の間からそっと罪人を見ていた。青い顔をしており、指先をふるわせていた」

「罪人の縁者でしょうか？」

「誰だと思う？」

「そんな、わからないですよ」

「玄燁《げんよう》様……今の陛下だよ」

瑠璃は息を呑《の》んだ。

「どうして町に陛下が？」

「疱瘡《ほうそう》にかかったため、城外に出されて暮らしておられたのだ」

「それでは、罪人とは……」

「玄燁様の世話役だ。冤罪だったが、結局、処刑された」

「どうにかならなかったのでしょうか？」

「玄燁様は、力が欲しいとおっしゃっていた。私もその時、自分の無力さを悟った。真実がわかっているのに、なにもできない──。この出会いがきっかけで、趙家は陛下を陰ながらお支えしている。だから、国家転覆を謀るなど、ありえないのだ」

月華が言葉を途切れさせてから、ふっと笑った。

「ふたりだけの時間も、短かったな。私は年頃になったから足の矯正を始めたし、玄燁様には、今度こそ、たったひとりだが腹心ができた」

瑠瑠は言葉につまった。よかったですね、とはけっして言えない。矯正は月華にとっては幸いであるだろうが、瑠瑠にとっては異常だ。皇帝が腹心を得られたことは幸いであるが、たったひとり、という言葉が気になる。かといって、そうなんですね、と簡単な相槌《あいづち》はできない。それは月華の言葉を軽んじているようで、嫌だ。

何も言えないでいると、遠くから、鐘の音が聞こえてきた。祈りの時間を知らせる鐘だ。瑠瑠は月華にことわると、祈り用の絨毯《じゅうたん》を広げて、そこに膝をついた。

昨夜も、祈りを捧げるところを月華に見せた。月華は何も言わなかった。驚くこともなかった。ただ寛容だけがあった。

瑠瑠は創造主との親密な時間に没頭した。

祈り終わってほどなくして、家の外が騒がしくなった。

「見てきますね、月華お嬢様」

瑠瑠は房室を出て、音のするほうへむかった。けれど、途中であせりをにじませた阿

伊莎がやって来て、背中を押された

「瑠瑠は房室に戻って。月華様をお守りして」

瑠瑠が急いで自室に戻ると、月華が鋭い瞳をして瑠瑠を出迎えた。

「何があった？」

「まだ、何もわからず……」

「誰かが来たな？」

「そのようです。でも、誰なのでしょう」

間もなく、扉が叩かれた。瑠瑠の体は大きく跳ねた。

「李石《りせき》さんたちだよ。瑠瑠に会いたいって」

哈爾だった。瑠瑠は月華と視線をあわせた。

「なんでここに？」

月華をこの家に匿《かくま》っていることが知られたのだろうか。それとも、家に駆けこむところを誰かに見られていたのだろうか。

瑠瑠は出ていくか迷った。

「行ってこい」

「ですが……」

「行くしかあるまい」

「わかりました。お嬢様は、房室にいてくださいね！」

瑠瑠は房室を飛び出した。

李石は何をしに来たのだろう。月華がこの家にいることを、李石たちに知られないようにしなくては。

門前に、小父と共に、李石と夏露《かろ》が立っていた。李石はあいかわらず険しい顔をしている。反対に、夏露は瑠瑠に手をふって、朗らかな笑みをうかべていた。

「元気にしていたか？　お嬢さん」

「お久しぶりです、夏露さん。どうしたんですか？　こんなところまで」

「趙家の娘が姿を消したんだ。それで、縁者のところを調べている。行方を知らないだろうか？　まあ、知らないよなぁ」

「趙家の娘、とは……月華お嬢様のことですよね？」

「お嬢さんはよく月華様に命じられて、お遣いをしていただろ？」

「行方に心当たりはないか？」

今まで李石たちとは、月華の命令があって繋がっていた。だから、月華がここに逃げこんでいると思ったのだろうか。それは、当たりだ。

月華を匿っているのが知られたら、月華は捕まるし、小父も瑠瑠たちもただではすまない。

「確かに私は月華様にお世話になっておりました。でも――」

「ここで立ち話もなんですから、家に入りませんか？」

小父が李石たちを誘《いざな》った。瑠瑠は不安から小父を見上げた。

月華が中にいるのに、李石たちを入れて大丈夫なのか。見つかってしまったらどうするのか。小父の考えがわからない。

「確かに、立ち話では、誰に聞かれるかわからんからな」

「ええ、どうぞ」

「それでは、失礼する」

李石が家の中に入る。そのことに、瑠瑠の首筋はひやりとした。小父が食卓の間にむかう。李石と夏露と瑠瑠が後に続いた。そこには阿伊莎がいた。

「こちらは瑠瑠の母、阿伊莎です。お茶を用意しますから、少し温まってまいりませんか？」

小父の勧めに、李石たちの足がとまった。

「いやぁ、そうですね……」

夏露は気持ちを引かれたようで、李石をちらちらと見る。李石は鷹揚に「私はけっこう。夏露はそこで待っていろ」と告げると、瑠瑠にいびつな微笑みをむけた。

「家の中を見させてもらってもよいかね？」

問いかけの形をしているが、拒否を許さない態度だ。断れば、李石に因縁をつけられる気がした。そうなった時に家の中をすべて調べられたら、月華が見つかってしまう。

瑠瑠は助けを求めて小父を見た。

「かまいません。それでは私が案内を――」

「お嬢さんにお願いしたい。我々は顔見知りなのでね」

瑠瑠は驚いて李石をまじまじと見た。

「そうですか。瑠瑠は大事な娘ですから、男性とふたりきりにはできません。私もまいりましょう」

心強かった。小父も月華が見つからないように、うまく案内してくれるだろう。

「回教の家は初めてですか？」

「まぁ、滅多に来る機会はない」

「それでしたら、こちらへ。礼拝の間から案内いたしましょう」

瑠瑠は重い足取りで回廊を抜けて、礼拝の間に移動した。李石は絨毯が敷きつめられた礼拝の間を、しげしげと眺めた。ひとしきり見た後で、李石は腕を組んだ。

「趙家の話はどこまで聞かれましたかな？」

「何もわかっておりません」

「なるほど、そうでしたか。趙家は、黄昏《たそがれ》の亡霊を捕らえもせず、それどころか反清復《はんしんふく》明《みん》を唱える光瑞党《こうずいとう》の者だとわかっていて逃がした。これは、国家に対する反逆である、とのこと」

瑠瑠は頭から冷水を浴びた心地になった。どうして、童子との経緯を知られているのだろう。あの時、童子を逃がしたことは、月華と瑠瑠と小愛しか知らなかった。もしや、月華が父や兄に報告していたのだろうか。または、光瑞党が童子からすべてを聞き出していたのか。

「それを告発した者は、ずいぶんと耳がよろしいですね」

小父の言葉に李石が肩をすくめて、さらに続ける。

「謀反は国家に対する背反です。反逆の謀議を知った者は、ただちに通報しなければならず、故意に隠したり匿ったりすれば、悪事に加担したとみなされ、重い罰を受けます。逆に、反逆者を通報すれば、大金を手に入れられる」

李石がいびつな笑みを作った。

瑠瑠はぞっとしたが、表情を変えぬように、そっと拳を握って自分を戒める。

李石の言葉に、小父が考え込む素振りをみせた。瑠瑠は鼓動が大きくなるような心地がして、たまらず小父を見上げた。

「古《いにしえ》の言葉に『窮鳥入懐、仁人所憫（窮鳥《きゅうちょう》懐《ふところ》に入《い》れば、仁人《じんじん》の憫《あわ》れむところなり）』とあるのはご存知ですか？　私はこの言葉を常々好ましく思っています」

小父が李石に返した。その言葉は凛《りん》としていた。

「そうですな。だからこそ、……頼んだぞ、瑠瑠」

李石が初めて瑠瑠の名を呼んだので、瑠瑠は息を呑んだ。

「ひと財産築き損ねたなあ」

李石はぼやきながら瑠瑠から顔を背けると、横柄な態度で礼拝の間を出ていった。

瑠瑠は李石の背中にむかって、深く拝礼をした。

李石が夏露をつれて帰ると、瑠瑠はさっそく月華をともなって食卓の間にむかった。

そこには、家族がそろっていた。

瑠瑠は李石から聞いた話を、皆に伝えた。その間、小父は難しい顔をして腕を組んでいた。

「情報は信じてよさそうだが、完全に頼ってよい相手ではなさそうだ」

小父が口を開いた。瑠瑠ははっとして小父を見た。小父は真剣な眼差《まなざ》しで、家族を見まわした。

哈爾が頷いた。

「月華お嬢様を隠すなよって、脅されているんじゃ？」

瑠瑠はきゅっと目をつぶった。

——そんなことない。

そう言おうとしたが、

「私はまず、石微父娘《おやこ》、ふたりの無事を確かめたい」

月華がとつぜん話を変えた。

瑠瑠は月華の言葉の意味を考えて、小首をかしげた。

「なぜ、あの父娘を？」

「昨日の朝、董賢が死んだと報《しら》せを受けた。正月に聞かせる話ではないと、おまえには言っていなかったが」

「そう、です、か。……董賢はどうして死んだのでしょう？　病気などの話は聞いていませんでしたが」

「殺されたとみえる」

「なぜ！」

「そうだ、なぜ？　だ。石微の会計録くらいでは、殺されるまではいかないはずだ。ほかにも何か情報があるのかもしれない。そうすると、会計録に関わっていた石微に問わねば」

「何かとは、心当たりがおありですか？」

「朝廷では、瓜爾佳《グワルギヤ》・鰲拝《オボイ》の専横がおこなわれている。趙家におよぶほどの大掛かりな捜査を命じられるのは、やつしかいない。董賢の会計録をきっかけに、やつは本気になったのだ。そこで光瑞党に、趙家打倒のための協力をもちかけた」

「では、光瑞党が鰲拝に協力をしたのですか？　なぜ？」

月華は光瑞党の一員であった童子を見逃した。それは、童子が光瑞党にとって、ただの駒にすぎないと見抜いたからだ。

月華の選択は童子を解放し、別の道を歩む機会をあたえたはずだった。けれど童子が選んだのは新しい人生ではなく、義父のいる光瑞党だった。童子は、なんでもする駒に戻ってしまった。

そこまで考えて、瑠瑠は疑問を覚えた。月華が童子を逃がしたことは、光瑞党にとって、けっして不利には働かなかったはずだ。それなのに、どうして趙家を狙うのだろう。

月華が愚か者を見る目で、瑠瑠を見た。

「光瑞党は、鰲拝が皇帝の座を狙っているとわかっているが、まずは趙家および陛下の力を削《そ》ぐことを狙って、鰲拝を利用しようとした。表面上は共闘するため、光瑞党は私と童子の関係を持ち出して、鰲拝の力で趙家の皆を捕らえさせた」

月華は一度窓を見てから、瑠瑠に視線をむけた。

「石微の件は、小愛に任せていたのだが……」

「私たちは無事に逃げ出せたけれど、小愛さんは捕まっているかもしれません」

「ああ、急がねばならぬ。瑠瑠よ、頼めるか？」

4

久しぶりに騾馬《らば》に乗った。前回は、北京に到達するためだった。あの頃、喉は常に渇いていた。「まもなく、北京だ、まもなく北京だ」と励まされても、体は限界を訴えていて、とにかく早く康家にたどりつきたかった。新しい生活を不安に思う余裕などなかった。

北京での生活が始まったのは、忘れもしない、康熙《こうき》七（一六六八）年の六月二十五日、暑い日だった。

その記憶が塗りかえられていく。瑠瑠は再び、回教の商隊に加わっている。以前のような大隊ではなく、駱駝《らくだ》五頭に馬と騾馬を従えた小隊だ。とはいえ、商人は三人、従う者は三十人以上いた。瑠瑠と義六が混ざっても、見つかることはない。

「寒い」

瑠瑠の息が、真白に染まる。瑠瑠は革の履《り》（ブーツ）の中で指を動かし、手袋をした手を何度も握った。外套《がいとう》を羽織り、首巻きをしているが、騾馬のうえで風にさらされていると、だんだんと体の熱が奪われていくのがわかった。

だが、心の炎までは、けっして消えない。月華から託された使命がある。ゆかねばならない。喉が涸《か》れてもいい。どれだけ疲れてもいい。あとで倒れてもかまわない。瑠璃には、商隊の歩みが、ひどく遅く感じられた。

大道を進んでいた商隊が、沿道近くの宿泊街に入り、休息のために停《と》まった。この場所で停まるのは康小父の采配だ。

ここからだ、と瑠璃は商隊長のもとに走った。商隊長に地元の者を融通してもらい、瑠璃は義六と商隊を離れた。騾馬から馬に乗り換えて、駆ける。道は、だんだんと細くなる。まるで迷路だ。北京のように整地されておらず、入り組んだ道が侵入者を拒んでいるようだ。

村々をいくつか抜けた。どこも正月を祝う爆竹が、昼間から鳴り響いている。馬がとまったのは、宿泊街を出立してから二刻（約三十分）ほど経《た》った時分だった。

到達したのは、小さな村だ。爆竹の音が鳴る方向へ、田畑の間を抜けて、瑠璃は急いだ。細い路地を通る。古めかしい家々には赤い装飾が施されていた。

この国の呪術には、たくさんの祈りが込められているのだろうけれど、瑠璃はどうしても信じられない。創造主がお決めになっている運命があり、回教徒はそれを受け入れる。

聞いた通りの一軒家にもまた、門の左右に赤い護符が貼られていた。門は開いてあった。この村で、石微は警戒をしていないのだ。

瑠瑠は門の中に入った。石畳の四角い院子を、奥の母屋と左右の棟が囲っている。屋根瓦と柱壁は風雨にさらされて久しく見えるが、壊れているところはない。補修はこまめにしているのだろう。家主がていねいに使っているとわかる。小ぶりで上品な屋敷だ。

瑠瑠はまっすぐ母屋にむかった。足音が、石畳を蹴り、乾いた音をたてる。その音の速さが、瑠瑠をさらにあせらせた。

もう、すぐにでも、「石微さん！」と呼びかけたかったが、石微は身分を隠しながらこの村で静かに暮らしているのだと我に返って、呼吸を整えてから、朱色の扉を叩いた。

何度か叩いて待っていると、「誰かな？」と柔らかい声がして、扉が開いた。

青色の長衣に、暖かそうな上衣を羽織った、中年の男があらわれて、瑠瑠に気づいて目を見開いた。

「瑠瑠と申します」

男が何かを言う前にと、瑠瑠は名乗りをあげた。男は彫りの深い顔つきをしている回族の男だ。眼鏡をかけており、柔らかい印象があった。

「瑠瑠とは、あの？　私たちを助けるために、力を貸してくださった？」

「はい。その瑠瑠です」

石微は、感謝します、と頷くと、瑠瑠を母屋のなかにいざなった。房室に通されて、席をすすめられた。瑠瑠は早くすべてを話したかったが、不躾《ぶしつけ》なのはよくないと、衝動をこらえた。

「よくぞ村まで。進展はありましたか？」

石微が席に座ると、石微の娘の石園が、小さな足で軽い調子を刻みながら、そっとあらわれた。

「あら、瑠瑠さん！　お久しぶりです。お元気になさっていましたか？」

「元気には、しておりました。けれど、私がまいりましたのは、わけがありまして」

石微の隣に、石園が座る。父娘の間に、お互いを労《いたわ》り、支え合うような雰囲気があった。瑠瑠は、それを壊したくない。けれど、告げねばならないこと、聞かねばならないことがある。

「なにかあったのですか？」

石微が問いかけてきた。瑠瑠は太腿《ふともも》の上で、ぎゅっと拳を握った。

「はい。董賢が死んだそうです。殺された、とも。だけど、董賢が殺される理由がない」

石微が「えっ？」と声をあげ、目を見開いた。眉根はよせられ、口は半開きのまま、瑠瑠をぎょろっと見下ろした。

「小愛さんは、……どうされたんですか？」

石微の声はひどくふるえていた。なぜ石微が小愛を最初に気にするのかがわからない。

石微の件を任されていたのが小愛だからだろうか。

「趙家は国家反逆の罪を着せられ、皆捕縛されたのです。小愛さんがどうなったかまでは……」

石微が視線をうろつかせて、口元を手で押さえた。顔色が悪い。その反応を見ていると、瑠瑠は不安になった。

「なぜ瑠瑠さんがここに来たのですか？」

石微が必死の形相で迫ってくる。瑠瑠の肩に力がはいった。

「私も趙家にいましたが、小愛さんたちに助けられて、月華お嬢様と逃げました。月華お嬢様が、石微さんたちは何か事情を知っているのではないか、とおっしゃられて……」

石微が大きく息を継いで嘆き始めた。

「ああ！　瓜爾佳・鰲拝の手に渡ったら、私は破滅だ！」

石微が頭を抱えた。瑠瑠は前のめりになって、石微にせまった。

「何かあるのですね」

「私は、とんでもないものを見つけてしまったのです。薄々気づいてはいましたが、確かめるのが恐ろしかった。董賢は空の箱に値をつけていたようなもので、私の心が弱くなければ……すぐにでも告発はできた」

瑠璃は弱いという言葉に眉をひそめた。

「董賢には言ってなかったが、彼から任された会計録には常々感じていた奇妙さがありました」

奇妙さ、という言いかたに、瑠璃は先のわからない闇の中に足を踏み入れるような心地がした。

「いったい、何が?」

瑠璃が石微をうながすと、石微が視線を落としたまま、叫んだ。

「差し押さえられていたはずの生糸などが、いつの間にか、消えていたんですよ。海禁《かいきん》令《れい》は厳格であるはずで、本来ありえないことだ!」

「すみません! 私、わからなくて……その海禁令とはなんですか」

石微が瑠璃を見上げた。その瞳には恐れがある。だが、聞かねばならない。

「海禁令により、民間の海上交易は固く禁止されているのですよ。……本来、海船の出入りがある際は、臨検が行われております。大量の銀、見た事のない珍異な物産など、申告すべきことは多岐に渡ります。その一部を秘匿し、利を得ることはそう難しいことではない……これの証跡も、見つけました。逆に臨検で我が国の産物を差し押さえることもあるのです。差し押さえた物品に関しては当然会計録に記されます。比較的安価な生糸も海を渡れば銀になり、その銀が更なる富に変わると言われておりますからね」

眼鏡の奥の眼光がするどくなり、石微の声音がだんだんと早くなった。

「ええと、それは……」

「生糸が差し押さえ品として会計録に載った後、あちこちの倉庫への移送、所有者名義の変更などを経て、最終的に鰲拝の管轄に移ったところまでたどりつきました。人との交流を避け、娘の無事を祈るだけの私にできたのはそれぐらいのことでした」

瑠瑠は何かを言わねばならないと思ったが、できるのは言葉の意味を考えることだけだ。

「しかし、かなり大量にあったはずの差し押さえ品の現品はどこにもないんです。あるのは、瓜爾佳・鰲拝の名で許可をされた、牌照《はいしょう》（出港許可証）だけです。つまり、鰲拝は輸出禁止品で他国から利を得ており……、それこそが、国家に対する反逆と言えるでしょう……！」

「鰲拝こそが反逆者っ？」

瑠瑠は、まるで体温が急激に上下したような心地がした。頭の中はさらに混乱しており、くらくらする。霧がかっている思考を、かきわけるようにしてなんとか声を出した。

「十五年分の会計録を細かなところもすべて検分したんですよ、身を守るためになるかと。そして……小愛さんが来て、董賢の死を知りました。ですから、たいへん驚きました。どうして今頃になって、瑠瑠さんが報せにきたのか、と。……董賢の死は、鰲拝の手によるものでしょう。けれど、会計録さえ役所に届けられれば、鰲拝を失脚させられる。だから、会計録を小愛さんにあずけて頼んだのです」

「私、いますぐに帰らなくては！」

瑠瑠は素早く椅子から立ちあがった。鰲拝を失脚させられれば、康熙帝は皇帝として憂いなく政治がおこなえる。ならば、趙家の味方をしてくれるかもしれない。趙家は光瑞党と共謀などしていないのだから、光瑞党の告発など退けてくれればよい。

すべては、小愛の持つ、会計録にかかっている。月華に話をして、これからどう動くべきかを聞かねばならない。

「待って、瑠瑠さん」

瑠瑠ははっとした。石園が眉をよせて、怖い顔で瑠瑠を見ていた。石微が長い息を吐いて、瑠瑠に視線をあわせた。

「私たちの居所は、鰲拝に知られてしまいましたね」

「えっ？」

「ここに、瑠瑠さんが来たのが証拠です。この場所は、月華様と小愛さんしか知らないはずだった。それなのに、今日は瑠瑠さんが来た。小愛さんも、ここへ来るときは慎重でした。あとを付けられないように。瑠瑠さんは、どうでしたか？」

瑠瑠は思わず、視線を戸口のほうにむけた。

「ああ！　そんなことでは、これから多くの人に、……鰲拝に、居所を知られるでしょう。ここにいる限り、身の安全は守られるはずだったのに。私と娘はどうなるのですか！」

石微が怒り混じりに嘆いた。瑠瑠は自分のことばかり考えていたと、恥ずかしくなった。どうすれば石微父娘を守れるのか、自分には何ができるのか。

「大丈夫です。しばらく、康家の商隊に混ざっていてください。商隊と移動していれば、捕まらないはず。すべてが解決したら、石微さんたちの今後を話しあいましょう」

瑠瑠だけの力ではないが、瑠瑠にはその提案しかできなかった。それに、その案はとても良いものに思えた。

だが、瑠瑠が提案しても、石微は泣いていた。石園が不安げに石微を見つめる。

「そんな……いや、そうですね。まずはそうするほかない、ですね」

石微が眼鏡を外して、目尻を拭った。

5

瑠瑠と義六は石微父娘と別れ、北京に戻る商隊に混ざった。北京に着いた時には夕暮れになっており、康家に戻った時は夜になっていた。月光を浴びながら瑠瑠は家に入った。康思林の書斎にむかってから、帰宅を告げて、今日の話をした。小父の難しい顔を、燭台《しょくだい》の灯《あか》りが照らす。

「石微については、わかった。よい判断をしたね。ただ、そうか……鰲拝に繋がる会計録があった、か」

「月華お嬢様にも、早くお伝えしなくては」

「そうだね。私のほうも、何かできぬか考えておく。まずは、食事をとるといい。阿伊莎が用意しているよ」

瑠瑠は小父に感謝を告げて、書斎を出た。食卓の間にむかおうとして、通路にある自室が気になった。小父には「まずは食事を」と言われているが、瑠瑠は先に、自室の扉を開いた。

「戻ったのか」

眩《まぶし》い、と瑠瑠は目を細めた。自室の灯りを浴びた月華の肌が、まるで新雪のように輝いている。寝台の縁《へり》に腰を掛けて、瑠瑠を見つめる宝石のような瞳に、瑠瑠は見惚《みと》れた。

「どうした？」

少し意地悪な顔をして、月華が微笑む。瑠瑠は、どうもしないと言いたかったが、月華はすべてお見通しなのだ。だが、この話は想像していないに違いない。瑠瑠は石微とのやりとりをありのまま月華に伝えた。

月華が足を組み、瑠瑠を手招く。

瑠瑠は寝台のかたわらに座り、月華を見上げた。

「おまえがおらぬ間に、康家に小愛について調べさせた。小愛は逃げ出したが、途中で河に落ちて死んだ」

月華のささやかな唇は、淡々と語った。

「えっ、亡くなった？」

「死体は見つかっていないが、大雨の中であったから、流されたのだろう」

瑠瑠は言葉を失った。月華が続ける。

「会計録はどこにあるかわからぬし、もはや小愛と合流もできない。だが、私の『つまびらきの写鏡《うつしかがみ》』が訴える。石微が嘘《うそ》をついている、と」

「いったい、どんな！」

「石微は会計録を持っていたが、それを黙っていて、小愛を帰した。その後、鰲拝派閥に会計録を渡して、小愛を追い詰めて殺させた」

「でも、石微さんは、そんな素振りを微塵も見せなかったです！」

「小愛が会計録をあずかったのであれば、手に入れた時点で、私に渡した。会計録という重大な事実を知ったのであれば、すぐに私に報告したはずだからな」

瑠瑠は、小愛の人となりをわかっていないと叱られた気がした。

「ですが、石微さんを疑うなんて……」

「小愛は董賢が死んだと知り、私に告げると同時に、すぐに石微のもとにむかった。そして、董賢の死を石微に告げた。恐れを抱いた石微は、会計録の謎に思い至った。小愛には、早急に調べておくとでも約束したのだろう。小愛は趙家に戻り、趙家の一族は国家反逆の罪で囚《とら》われた。小愛も捕縛されたが、逃れた。石微のところに会計録を引き取りにむかった。だが、その途中で死んだ。なぜ死んだのか。光瑞党か鰲拝の手によるものだ。すでに、石微は会計録を鰲拝に渡した」

月華が長い息を吐き、再度口を開いた。

「石微は趙家を、私を裏切った。再び脅しをうけていたのだろう」

「そんな……」

「気づかなかった趙家の落度だ。石微としては、会計録を渡せば口封じに殺されると懸念したはずだ。だから、逃れようとしていた」

月華が瑠瑠を見据えてから、ふっと目尻の緊張を解いた。

「そこにおまえがあらわれた。趙家の後ろ盾も失うとわかっていた石微は、おまえを頼った。おまえは、石微を国外に脱する手助けをした。石微は喜んだだろう。国内で逃げまわるより、助かるみこみがあるのだから」

瑠璃は呆然《ぼうぜん》とした。月華の推察を、瑠璃はいつも信じている。けれど、今回は認められなかった。

「鰲拝は会計録を握りつぶす。趙家は汚名を雪《そそ》げない。終わりだ」

「簡単に諦めないでください！」

「諦めておらぬ。事実を言っているだけだ」

月華は瑠璃をとんだ愚か者のような顔をして見下ろした。

瑠璃は立ちあがった。今度は月華を見下ろす形になる。

「死体が上がっていない状態では、小愛さんが死んだとは言いきれないですよね。ならば、独力で逃れ、石微さんから確かに会計録をあずかって、今は役所にむかっているかもしれません！　趙家を守るために！」

月華が肩をすくめた。

瑠璃は月華の空虚な顔に、思わず息を呑んだ。

「私は、小愛の弔いがしたい」

「そんな！　死んだとはまだ決まったわけではっ！」

「儚《はかな》い夢を見てどうする」

淡々と、まるで自分に言い聞かせるかのような言いかたに、瑠璃の視界は潤んだ。

「月華お嬢様……ですが……」

「小愛を弔うために、おまえの力が借りたいのだ」

月華が瑠瑠を見上げた。普段の凜とした顔が、今は切なげだ。

「お力を貸すのは当然です！　いったい何をすればよいですか？」

瑠瑠は生きていると信じている。だから、今は行方が知れないという話を、小愛の家族に報せにいかなくてはならない。

「私は、小愛のことが知りたい」

何を言いだすのかと、瑠瑠は耳を疑った。

「月華お嬢様は、ご存知でしょう？」

「私は何も知らぬ」

「だって、いつも側《そば》にいたのですよね？」

「私が知るのは、父の猫である事実だけだ」

「お父様の猫？　でも、それは違うでしょう？」

月華は小愛を確かに頼りにしていたし、情があったはずだ。瑠瑠の指摘に、月華が眉をよせた。

「そうだな。……小愛は、私の猫だった。父の猫だったが、今は私の猫だった。父ではなく、私につかえていた」

月華の言いかたには、ようやく認めたというような印象があった。そんな自分に苦笑するかのように、月華が肩を落とした。

「だったら、そう言ってください！　月華お嬢様って、なんでそんなに素直じゃないんですか！　何かほかに知っていることはないのですか！」

「父から譲りうけたので多くは知らないが、北京に何らかの縁があったようだ」

「どこですか！」

「それがわからぬのだ！」

月華が声を荒らげたので、瑠瑠は驚いたが、負けずと言い返す。

「お嬢様に、わからないはずがないでしょう！」

瑠瑠の断言に、月華が唸《うな》った。

「私の予想では、大春門《たいしゅんもん》だ！　門付近に用を命じると、その時だけ小愛は自らおもむかず、必ず別の者をつかわしていた！」

6

朝食が終わると、瑠瑠は月華を自室につれていった。寝台の縁に座らせると、月華が瑠瑠を見上げた。

「大丈夫ですよ、月華お嬢様。石微さんは、裏切ってなどいません」

瑠瑠が断言するが、月華は首をふった。

「早馬が商隊に追いつくまで、二日はかかる。それまでに、石微は商隊から逃げている」

「かたくなですね、月華お嬢様」

「おまえもな」

瑠瑠は深く頷くと、「行ってきます！」と康家の門前にむかった。

門前には、義六が待っていた。

「義六、頼むわね」

「昨夜、旦那様から聞きました。俺におまかせください」

瑠瑠はひとり乗りの馬車に乗りこんだ。義六が走り出して、牛街を離れる。爆竹の音、掛け声と鐘と太鼓の音が、風に乗って色々な場所から聞こえてくる。大通りに出ると、華美な車や五彩の幔《まん》を垂れた乗り物が通りにみちあふれている。

「ああ、混んでやがる。急いでるってのに！」

義六が苛立《いらだ》ちをあらわにした。瑠瑠もあせるが、深く息を吸って、自分を落ち着かせる。

あいかわらず、風が冷たい。月華の語った春が待ち遠しい。だが、その春を、心地よく迎えることができるかどうかは、わからない。

月華は石微が裏切ったと言うが、本当だろうか。それが真実なら、悲しすぎる。だから、瑠瑠は否定する。

義六の馬車は時間をかけて大春門の大通りにむかった。大春門は幅広の道だ。道は宮廷にまっすぐむかっていて、人通りが多い。

想像以上に、大春門のあたりは広い。この地区で、小愛を知っている人が、どれだけいるのか。

義六が道の端によって、瑠瑠をふりかえる。

「それで、お嬢さん、どこに行きましょうか？」

「う、ん。そうよね、でも、どこから探せばよいのか」

瑠瑠は唇をきゅっと噛《か》んだ。

「こういう時は、繁盛している店や、大きな屋敷を尋ねるのがいいんじゃねえですかね」

義六が明るい声を出した。

「例えば、どこかしら？」

「場所ではありませんよ」

「あら？　違うの？」

「はい。店や家に仕える、使用人の繋がりを使いましょう。俺たちは主人が戻って来るまで、よく喋っています。知っていることも多いかと。五日の今日から戸張を開いて商売をする店が多いですからね。いかがですか？」

「わかったわ。お願い。義六が頼りよ」

義六は威勢のよい返事をすると、大春門付近を走り始めた。

大通り沿いの店、住宅が並ぶ一角の中でも大きな屋敷で、あらゆる使用人たちに話しかけたが、小愛を知る者はいない。

夕暮れ時になり、義六が困った声を出した。

「もう夜が近い、今日はこの辺にしましょうか」

「お願い、義六。もう少しだけ」

「そうですね、粘りますか！」

義六は大通りから二本筋を離れた区画に入った。そこには、小ぶりの住宅と商店が並んでいた。

一軒の店の前で、義六が「あれ？」と足を止めた。瑠瑠も店に視線をむける。

店の名を記した屋根看板だけでなく、薬袋を模した下げ看板があり、薬屋だとわかった。義六はそのまま、横道から店の裏手にまわった。薬屋の裏手には幹の太い柳が植えられていて、その側に卓と椅子が置いてあった。椅子には、四人の男が座っており、夕《ゆう》餉《げ》と思しき麺を食べていた。

義六は馬車を停めると、他の馬車と同じように馬留に繋ぎ、瑠璃をおろした。それから颯爽と男たちに近づき、笑顔で話しかけた。

義六は男たちと短い会話をしたあと、瑠璃を手招いた。

「お嬢さん！　ここはやっぱり劉家《りゅうけ》の支店だそうですよ！」

劉家と言えば、踏雪の件で関わった家だ。劉家は老舗の薬屋をしていた。見知った人の店と知って、瑠璃はほっとした。

「あの、小愛さんという女性をご存知ではありませんか？　黒い髪と瞳、かなりの長身で恰幅《かっぷく》が良く、いつも凛としているかたです」

「あんた、回族の娘だな。それがどうして劉家と関わりがあるんだい？」

細身で毛髪に白いのが混ざった男が言った。

「一度、お力になったことがあります」

「なるほど。あんたに恩を売っておくと、俺が得するかもしれねぇってわけかい」

「それは、……どうでしょうか」

「はい！　間違いなく、得をしますよ！」

瑠璃の声に覆いかぶさるようにして、義六が断言をした。男が顎に手をやって、少し笑った。

「あんたの語った女な。知ってるかもしれねぇ。容貌が目立つ女だったしな。とつぜん消えたから噂《うわさ》になっていた。名は、阿彩《あさい》。ま、名なんぞ適当に変えられるか。今は、二十代前半だろうか」

「小愛さんが、阿彩……？　あの、もっと詳しく教えて下さい！」

「続きが聞きたきゃ、わかってんだろ？」

　男は笑い、椅子に掛けたまま義六を見上げた。義六は静かな横顔で、何も言わない。瑠璃はもちろんだと微笑み返した。

「お金ですね。払います」

「劉家と縁者ってのは本当なんだな。あんたは恵まれたお嬢さんだ」

「はい。私は確かに恵まれております。小愛さんが無事に見つかったら、後で二倍払います」

「二倍だって？」

「どうですか？」

「ふん、俺の口からは言えないね」

「どういうことですか？」

「俺からは、これ以上言えねえってことを、教えてやる」

　男が手を軽くふった。

「そんな、どうして……」

「この世には、気軽に言えねえこともあるんだよ」

「でも、ご存知なのですよね！　それなら、なにか、……言えるかたを教えて下さい！」

男が舌打ちをした。

「この街の医院に行きな」

男は義六に医院の場所を伝えた。

瑠瑠は懐から銭を取り出すと、「ありがとうございました」と男に握らせた。

7

翌日、瑠瑠は義六と再び、大春門の近くに行った。人に医院の場所を聞き、昼前にたどりついた。医院は院子にまで患者が溢《あふ》れていた。地元の住人に信頼されている医師がいるのだろう。

瑠瑠は義六に目配せをした。義六が医院に入っていき、「順番を待てと言われました」と戻ってきた。

「公平なかたなのね」

「融通がきかないとも言えますよ。俺たちは急いでいるっていうのに」

「そうね。今度は私が行ってみる」

瑠璃は医院の中に入った。咳《せき》をする人から、体に包帯を巻いた人、杖《つえ》をついている人に、妊婦と思しき人が大勢いた。

瑠璃は息を大きく吸った。

「阿彩さんについて、お聞きしたいことがあります！　誰かご存知ではありませんかっ！」

瑠璃の声は、医院に響き渡ったはずだ。患者たちが煩《うるさ》そうにしたが、瑠璃を手招きする者がいた。

「阿彩のことが聞きたいって？」

瑠璃に話すのは、杖をついた婦人だ。年齢は三十後半だろう。

「聞きたいです。どうしても、知りたいことがあるので」

「どんなことだい？」

「阿彩さんに関することなら、すべて」

「すべてってもね、阿彩はずいぶん前に消えちまったからね」

「とつぜん、なのですよね？」

「ああ、そうさ。もう誰かに聞いたのかい？」

「薬屋の男のかたにお聞きしました」

「ほかにも何か聞いたかい？」

「いいえ、名のほかは、教えられないと」

婦人は「そうだろうね」と軽く頷いた。

「阿彩は、いい子だったよ。妹想いで。年が離れていたからよけいに可愛《かわい》く思っていたんだろうね」

「妹さん？」

「泣き虫琳琳《りんりん》だよ。本当に、哀れな姉妹だった」

「哀れとは？　いったい、どんな姉妹だったのですか？」

「両親を早くに亡くした。貧しいけれど、阿彩は琳琳のためにがむしゃらに働いていたよ。良い結婚に恵まれるように。それなのに、八年前に……。いや、もう、喋りすぎたね。私も薬屋の男と同じさ。阿彩については大っぴらに話してやりたい気持ちがある。今日のようなきっかけがあればね。けれど、やっぱり言えることと、言えないことがあるからさ」

医院の中に沈黙が落ちた。元気な嬰児《えいじ》の泣き声と、童子の「どうしたの？」という声だけが響く。

婦人が長い溜息《ためいき》をついた。

「お嬢さん、先に行きなよ。先生に話をしたらいい。そうだろ？」

婦人がまわりに問いかけると、不服そうな者はいたが、反論はなかった。瑠瑠は、まっすぐに進むべき道が用意されて初めて、我に返った。

夢中で小愛の過去を掘り起こしてきたが、それは本当に正しいことなのだろうか。小愛にとって、触れられたくない過去なのではないか。だから、名を変えて、新しい人生を始めたのではないか。

瑠瑠はぎゅっと目を閉じた。これ以上は、小愛に申し訳ない気がする。

けれど、と瑠瑠は思い直す。月華は、感情のない顔をしていた。怒りや悲しみをあらわにすることもできない、絶望の顔。彼女は誰よりも深く、喪失に傷ついている。

瑠瑠は礼を言うと、診察室へとむかった。

「おや、初めて見る顔だね。今日はいったいどうしたのかな？」

穏やかな顔をした白髪の医師が、椅子に座っていた。

「私は瑠瑠と申します。小愛さんを――阿彩さんを、探しております」

「阿彩を？」

「どこにおられるか、ご存知ではありませんか？」

「申し訳ないが、知らないんだ」

「阿彩さんには琳琳さんという妹がいた。八年前に、ふたりに何があったのですか？　どうして阿彩さんは姿を消したのですか？」

「八年前か……。たしかに、八年前の一月八日に、琳琳が亡くなった。高熱が出てね。私は何もしてやれなかった。悔やんでも悔やみきれない。あの姉妹には、悪いことをした」

「どうしようもできないことはあります。すべては創造主がお決めになったこと。悔やみ続ける必要はありません」

「それは、回教の教えかい？」

「はい、そうです。……それで、妹さんは、何歳で亡くなられたのですか？」

瑠瑠の問いに、医師は額に手をあてた。

「七歳だ。纏足の傷がもとで、高熱が出たのだ。それで、そのまま……」

「纏足の、傷……」

以前、纏足は幼少の頃から施術を始めると聞いた。それで、女児が死ぬこともある。八年前に七歳であれば、生きていたら瑠瑠と同じ十五歳だ。

瑠瑠は痛ましさに眉をよせた。

「あ、でも、前に、その……恵まれていなければ、纏足の施術ができないと聞きました。それなのに、どうして？」

「阿彩はだからこそ、琳琳のぶんまで働いた。琳琳だけには良縁をと、無理して金を貯《た》めて、纏足を施す専門の女性に、なんとか頼んだんだ」

「その女性はいまどこに？」

「老齢だったから、もう死んでしまったよ」

「何か他に、阿彩さんに繋がるものは、ご存知ありませんか？」

「私が知っていることはすべて話したよ。もう詮索するのはやめなさい」

医師は長い息を吐いた。

追いつめているとわかっているが、瑠瑠も余裕はない。

「わかりました。今日はこれで、失礼いたします」

瑠瑠は拝礼をしてから、帰路についた。心中は晴れなかった。

帰宅して、瑠瑠はすぐに月華のもとにむかった。月華はすまし顔で、瑠瑠を見上げた。

その顔が、強がりに見えた。瑠瑠は、月華を抱きしめたくなったが、それができる立場ではないと思いなおした。

「なにか、わかったか？」

「小愛さんは、阿彩という名だったようです。阿彩さんには妹がいました。その妹は纏足の傷がもとで、八年前の一月八日に熱を出して亡くなったそうです」

瑠瑠が告げると、月華が視線を落としてから、瑠瑠をまっすぐ見据えた。

「妹の名は聞いたか？」

「琳琳さんです」

月華が「なるほど」と頷き、優雅に足を組み替えた。その仕草は、月華らしくて、いつもの調子をとり戻そうと、自分を律したのだとわかった。

「鰲拝と光瑞党は、趙家を追い詰めておきながら、断罪できずにいる。会計録が見つからないからだ」

「それでは、今は皆が石微さんを探している？」

「そうだ」

「石微さんの行方と、会計録のありかを突き止めねばなりませんね」

「私にできるのは、待つことだけだ」

「それ以外にも、できますよ。月華お嬢様には『つまびらきの写鏡』があるじゃないですか」

月華が鼻で笑った。

「おまえは明後日、城外にむかえ。大春門の貧民が眠る墓地の区画がある。そこを探して、琳琳の墓を見つけよ。妹の墓に、小愛のぶんまで、弔ってきてくれ」

8

康熙八（一六六九）年一月八日の早朝、瑠瑠は自室の扉を閉じる前に、

「月華お嬢様は、この家でおとなしく隠れていてくださいね」

と月華に言い含めた。

「……わかった」

返事をする月華はどこか不安げだ。一緒に行きたいが、それは叶《かな》わないと知っている顔のように思えた。待つことしかできない月華の心情を、瑠璃は想像する。

本当なら、今日は自分の足でむかいたかったはずだ。

「私がいる意味を、どうか忘れないでください。それでは、行ってまいります」

「待て、瑠璃よ、時計を貸してやろう」

月華が懐から、銀の懐中時計を取り出して、瑠璃に差し出した。先日、大切な物と言っていた。だから瑠璃は驚いたが、大事に受け取ると、肩掛けの鞄《かばん》の中にそっと入れた。

「遅くなる前に、帰って来い」

「はい、お嬢様」

瑠璃は、傘を持って、康家の門を出た。前日の夜半から降り始めた雨は、まだやむ気配がない。趙家が囚われた日以来の雨に、瑠璃は空に視線をむける。

空には墨を薄めたような雲が広がっている。瑠璃は落ちこんだ。できれば、行きたくない。小愛が死んだなど、認めたくない。

だが、月華のためだ。そこで、なさねばならぬこともある。

瑠璃は義六の傘付きの馬車に乗り込み、城外の墓場にむかった。

墓地には、柏《かしわ》の木が植えられ、一部の土がささやかに盛りあがり、そこに石が置かれていた。この国でも、人々は土葬される。貴族や富んだ者でなければ、めったに墓は作られない。

だが、貧民街の墓地に、墓碑のある墓が一基あった。瑠瑠はまっすぐ、その墓に近づいた。墓碑には、『順治《じゅんち》十八年一月八日、琳琳、眠る』と書いてある。

瑠瑠は視線を落として、再び上げた。傘を脇に置くと、濡れた地面に膝をつく。鞄から菊の花を取り出して、墓の前に置いた。これが、月華の望みだ。

静かな時間が過ぎる。

瑠瑠は立ちあがろうとした。

「久しぶりですね、瑠瑠さん」

聞き覚えのある声に、瑠瑠は悲鳴をあげた。ふりかえると、傘をさしている小愛が立っていた。長い黒髪をひとつに結び、肩から前にかけている。服は薄い緑色の長衣と、その下に濃紺の袴をはいている。趙家で見ていた落ち着いた印象は変わらない。

「生きてたんですか！　心配していたんですよ、ああよかった！　月華様のところに戻りましょう！」

「ここにあなたがいるのなら、月華様にはすべてお見通しなのでしょう。帰れません」

「え、なぜ帰れないんですか？」

小愛が沈黙して、瑠瑠の背後にある墓を見つめた。瑠瑠は「小愛さん！　どうして！」と小愛に答えをせまった。

「わかりませんか？」

小愛に問われて、瑠瑠は心中に雨雲が広がる心地がした。雨雲は瞬く間に濃さを増して、とうとう瑠瑠のなかで豪雨になった。

小愛が瑠瑠をまっすぐに見た。その眼光の鋭さに、瑠瑠は小愛を恐れた。小愛が知らない人みたいだ。

真意が読めなくて緊張する。だが、怯《ひる》んでいる時ではない。

「月華お嬢様は、小愛さんが石微さんから会計録をあずかったのであれば、手に入れた時点で、自分に渡したはずだと断言なさっていました。けれど、違うのですね」

「ええ、そのとおりです」

「月華お嬢様はあなたの敵ではありません。あなたを守りはしても、傷つけたりはいたしません。それなのに！」

瑠瑠は勢いよく声を出しすぎて、むせた。それから、唾液で喉を潤して、もう一度小愛を見上げた。

「なぜですか！　月華お嬢様は、権力のない人を助けようとされているのに！」

「けれど、あの皇帝が、鰲拝の傀儡《かいらい》ですから」

小愛の声に怒りを感じた。小愛からはめったに見られない生々しい反応に、瑠瑠は負けじと言いかえす。

「だからこそです。陛下は無力であることの苦しみをよくご存知です。だからこそ月華お嬢様は陛下を支えられているのではないですか。お嬢様は陛下を信じていらっしゃる。ならば私も陛下を信じます！」

瑠瑠はさらに言いつのる。

「私が街を駆けまわって解決したことが、趙家を通じて陛下の耳に入っている。陛下は街の様子を常に気にかけておられる。陛下ならば、きっと民のために政《まつりごと》をしてくださいます。鰲拝こそ失脚させねばならない。鰲拝と手を組んで趙家を陥れようとしている光瑞党を、倒さねばならない。そうでしょう？　どうして、趙家を国家反逆の罪に陥れたのですか！」

「あの皇帝など、生きていること自体が許せない。趙家が助けているのも同じこと。どちらも排するためには、光瑞党を利用するのがちょうどよかったのです」

「では、鰲拝は っ？」

「趙家は董賢の件があって以来、鰲拝の身辺を調べ始めた。あの男には実際、後ろ暗いところがある。そのことに気づかれることを鰲拝はずっと恐れていた。そして、石微の会計録からそれはわかってしまった」

小愛がふっと息を吐いた。

「鰲拝は、趙家を陥れる理由を探していた。光瑞党は、趙家を陥れる力を欲していた」

「でも、……今もなお、鰲拝や光瑞党は、会計録を手に入れていない。どうしてですか？」

「どうしてでしょうね」

「小愛さんが、月華お嬢様を選ぶことも、鰲拝や光瑞党を選ぶことも、できないからですよね？」

小愛が黙ったので、きっと瑠璃の指摘は正しい。

雨が、墓地に降り注ぐ。雨粒が傘を叩く。弱くもなく、強くもない雨音を聞きながら、小愛がどのような返事をしてくれるか、瑠璃は待った。

「八年前の一月八日は、陛下即位の翌日でした」

小愛の声は、淡々としており、感情がこもっていない。だからこそ、そうしなければ辛《つら》くて話せないのだろうか、と瑠璃に想像させた。

小愛が続ける。

「早朝までに百官はそろっていなければならない。あの日の道は宮殿を目指す役人たちでごった返していた。熱を出した琳琳を助けるため、私は医者につれていこうとした。けれど、道は混んで、どうしようもなかった。墓碑に記されていた日付は、陛下即位の翌日。誰にも、皇帝のせいで妹が亡くなったとは言えない。皇帝の即位を大っぴらに非難できるわけがない。だから、私は……」

小愛が趙家の方角を見てから、「瑠瑠さん」と名を呼んだ。

「時計を持っていますか？」

「え……、なぜそれを？」

「ああ、やはり。月華お嬢様は、なにもかもを、ご存知でしたか」

小愛は、今までみたことのない優しい微笑みをして、瑠瑠に布包みを渡した。

9

雨は勢いを増して、義六の馬車に降った。雨音が、瑠瑠の心を打ちすえる。横殴りの風が、冷たい飛沫《ひまつ》を瑠瑠に浴びせかけた。

瑠瑠は小愛から受け取った布包みを、しっかりと抱きしめた。

泣きたかった。小愛を、月華のもとに帰したかった。けれど、もはや小愛は戻らない気がした。月華の思いを知っているからこそ、瑠瑠は悲しかった。

小愛は、死んだ妹を——生きている月華よりも、選んだのだ。

だが、小愛のためらいを、瑠瑠は今抱きしめている。これが、どれほどの意味を持っているか、瑠瑠はわかっている。

　義六の馬車は王宮近くの大道を走った。雨のために通る人は少ない。瑠瑠は、八年前に思いを馳《は》せる。王宮にまっすぐ続くこの大道を、その日、百官がこぞって通り抜けた。大道を彩る赤色の装飾が、瑠瑠をあざ笑うかのように、はためいている。水たまりを踏む車輪の音だけがする。

　義六が大道を曲がる。塀が高く瓦屋根が大きい家々があらわれた。

「小愛さんが言っていたお屋敷まで、あと少しですよ！」

まるで、雨に負けないようにと、義六が大声を出した。

　義六は屋敷の大門の前で馬車を停めた。瑠瑠は傘を差し、布包みを持って馬車をおりた。

「義六、待っていてね」

「当然です！」

　瑠瑠は微笑み、大門にむかった。門を守る者たちが、瑠瑠の行く手をはばむ。

「回教の娘が何用だ」

「赫舎里《ヘシユリ》・索額図《ソンゴトウ》様にお会いしにまいりました。これを」

　瑠瑠は、月華からあずかった時計を、懐から出して見せた。小ぶりの懐中時計には、銀に龍の装飾が施されている。

途端に門番の顔色が変わり、家令（執事）を呼びにむかった。

すぐさま家令が走って出てきて、瑠瑠を母屋に案内した。使用人が瑠瑠の傘を受け取り、柔らかな布を瑠瑠に渡した。

瑠瑠は軽く水気を拭き、家令に目線で合図した。家令が瑠瑠をいざなった。

赫舎里・索額図は、奥の房室にいて、瑠瑠を待っていた。

「君は、麗しの華の遣いだね」

索額図は少年だった。瑠瑠より少し年長だろう。緩く癖のある黒髪を、長く腰までのばして、辮髪《べんぱつ》を作っている。藍色の絹の常服袍《じょうふくほう》をきっちりと着込む立ち姿には隙がなく、形のよい額、微笑をうかべた顔には気品があるが、眼光が強くて気さくに声をかけるのがためらわれる印象だ。

瑠瑠は膝をついて礼をとった。索額図は瑠瑠に立つよう勧めたが、瑠瑠はそうせず、顔をあげた。

「麗しの華とは、月華様のことでしょうか？」

「そう。あのかたと私は、そう呼んでいる。彼女に最後に会ったのは、私の父が亡くなった時だな。康熙六年の五月十五日、あの日も、あのかたの手紙を、麗しの華に届けにいった」

「手紙、ですか？」

「そう。麗しの華に、瓜爾佳・鰲拝の動向を早急に探ってほしいと書かれていた」

「赫舎里・索額図様は、あのかたの手紙の内容を、ご存知なのですか？」

「そう。私はあのかたの最大の腹心だからね」

「月華様からは、唯一のと聞いております。月華様も、唯一の、ですよね」

「ああ。そうだね。彼女もあのかたの唯一だ。私たちは彼女を頼りにしていた。彼女は、私たちの窮地を知っていたから」

「鰲拝の存在ですね。彼は、自らが皇帝になろうとしていた」

「そう。だけど、あのかたの腹心である私が表立って動けば……」

「わかります」

すでに瑠瑠はすべてを知った。迷いなく頷くと、索額図は瑠瑠をじっと見つめた。

「私は、麗しの華の足は、小愛だと思っていた」

索額図は微笑んでいたが、その瞳には瑠瑠を見定めようとする、強い意思がみられた。

瑠瑠はにっこりと微笑み返した。

「月華お嬢様をお支えするのは、ひとりではないのです」

小愛から受け取った会計録を、瑠瑠は索額図に差し出した。

10

前夜から降り始めた雨は、昼過ぎにはあがった。

故郷とは違う北京の空が広がっている。あいかわらず、青を薄めたような色だ。この空色にもすっかり慣れた。この空の下が自分の国だとさえ思う。

陽光に瑠瑠は目を細める。路地には水たまりができていた。水たまりは光に照らされて輝いている。

馬車は帰路を走っている。冷たい風が吹くが、瑠瑠は寒くない。むしろ、気持ちの高まりがふつふつと沸いてきて、瑠瑠の身体を火照らせた。

間もなく康家が見える。

小父と哈爾と阿伊莎が家の前に立っているのがわかった。馬車に気づいて、瑠瑠にむかって手を振る。

「小父様、お母様、お兄様。戻りました！」

瑠瑠が大きな声で告げると、家族の間から出てくる影があった。

その影は、まるで雛《ひな》のような足取りだ。

そんなはずはない。まさか――。

「早く！」

「はい、お嬢さん！」

馬車の速度があがる。瑠瑠は座席の縁をぎゅっと握った。心はたまらなく急《せ》いていて、視界は潤んだ。

馬車が停まったと同時に、瑠瑠は飛びおりた。

そこには月華が待っていた。背まで垂らした黒髪が光を浴びて艶めき、白い肌は輝き、紅《あか》い唇はしっかりと結ばれていた。

瑠瑠は月華に駆けよった。

月華もまた、瑠瑠にむかって駆けよる。

「あ」

月華がふらつき、ぬかるんだ地面に落ちていく。瑠瑠は月華を、強く、強く、支えた。

「ご無事ですか？」

「ああ」

「小愛さんから会計録を受け取りました。索額図様にお渡ししましたよ」

「そうか……そうか」

月華の顔がくしゃりと歪《ゆが》んで、その瞳がみるみるうちに潤んだ。

「お嬢様が不安になることは、もう何もありません」

瑠璃はその目尻から、真珠のような涙がぽろりとこぼれ落ちるのを見た。

「私の不安が、どこにあったか、おまえはわからぬのだろうな……」

月華の肩が、声が、わずかにふるえている。月華が瑠璃の視線に気づき、すばやくうつむいて、顔をかくした。

瑠璃はふわりと体が軽くなったような気がして、今度はそっと月華を抱きしめた。

「どうか笑ってください」

瑠璃は月華の髪に、頬をよせた。

「無理を言うな」

「無理、ですか？」

「……ああ、おまえというやつは、本当に……」

瑠璃の腕の中で、月華がゆっくり顔をあげた。

「だって、私、あなたの笑顔が好きなんです。月華お嬢様」

濡れた顔には、蒼穹《そうきゅう》のような、美しい微笑みがあった。


会計録を手に入れた愛新覚羅《あいしんかくら》・玄燁は、康熙帝として、康熙八年（一六六九年）、瓜爾佳・鰲拝を、視察に来たところで捕縛した。

鰲拝に三十箇条に及ぶ罪状を宣告して、終身刑を言い渡す。鰲拝によって無実の罪を着せられていた者たちは名誉を回復した。

康熙帝はその後、親政《しんせい》を開始。露《ろ》と条約を結び対等に国境を決めると、蒙古《もうこ》、西蔵《チベット》、台湾《たいわん》を支配下に置いた。黄河《こうが》の治水を行い、税を軽くして、多くの書物を編纂《へんさん》させる。のちに伝わるこれらの業績を支えた者が誰であるか、史書には残念ながら記されていない。

だが、そのことを本人は残念には思わないだろう。かつて共に夢見た理想が現実に叶えられること以上のものなど、彼女にとってはなかったのだから。

康熙帝在位の六十一年間、清国《しんこく》は全盛期をむかえた――。

参考文献

『纏足　9センチの足の女の一生』馮驥才著、納村公子訳、小学館文庫、一九九九年
『纏足の靴　小さな足の文化史』ドロシー・コウ著、小野和子・小野啓子訳、平凡社、二〇〇五年
『図説　纏足の歴史』高洪興著、鈴木博訳、原書房、二〇〇九年
『聖クルアーン　日亜対訳・注解』三田了一訳・注解、宗教法人日本ムスリム協会、一九八二年

その他多くの文献及び論文を参考にしました。

本書は、「集英社文庫公式ｎｏｔｅ」二〇二五年二月〜四月に
配信されたものを加筆・修正したオリジナル文庫です。

イスラム監修／宗教法人イスラミックセンター
名古屋モスク渉外担当理事
クレシサラ好美

中国監修／Ｈ．Ｋ（友人）

小島　環の本

泣き娘

中国唐の時代。葬儀で人の死を悼む「哭女《こくじょ》」を務める燕飛の苦悩と成長、そして貴族の青年・青蘭との奇跡のような関係を描く。美しく切ない歴史青春ミステリー小説の傑作。

集英社文庫

集英社文庫　目録（日本文学）

小池真理子　律子慕情
小池真理子　怪談
小池真理子　夜は満ちる
小池真理子　水無月の墓
小泉喜美子　弁護側の証人
河野啓　デス・ゾーン　栗城史多のエベレスト劇場
河野美代子　新版　さらば、悲しみの性　高校生の性を考える
河野美代子／永田由紀子　初めてのSEX　あなたの愛を伝えるために
古沢良太　小説版　スキャナー　記憶のカケラをよむ男
小島環　泣き娘
小島環　纏《てん》足《そく》探偵　天使は右肩で躍る
小嶋陽太郎　放課後ひとり同盟
五條瑛　プラチナ・ビーズ
五條瑛　スリー・アゲーツ
小杉健治　絆
小杉健治　二重裁判

小杉健治　最終鑑定
小杉健治　検察者
小杉健治　不遜な被疑者たち
小杉健治　それぞれの断崖
小杉健治　水無川
小杉健治　黙秘　裁判員裁判
小杉健治　疑惑　裁判員裁判
小杉健治　覚悟
小杉健治　質屋藤十郎隠御用
小杉健治　冤罪
小杉健治　からくり箱　質屋藤十郎隠御用　二
小杉健治　贖罪
小杉健治　赤姫心中　質屋藤十郎隠御用　三
小杉健治　鎮魂
小杉健治　恋飛脚　質屋藤十郎隠御用　四
小杉健治　失踪

小杉健治　観音さまの茶碗　質屋藤十郎隠御用　五
小杉健治　逆転
小杉健治　質草の誓い　質屋藤十郎隠御用　六
小杉健治　最期
小杉健治　大工と掏摸　質屋藤十郎隠御用　七
小杉健治　生還
小杉健治　九代目長兵衛口入稼業
小杉健治　結願
小杉健治　御金蔵破り　九代目長兵衛口入稼業　二
小杉健治　邂逅
小杉健治　陰の将軍、烏丸検校　九代目長兵衛口入稼業　三
小杉健治　奪還
小杉健治　獄門首に誓った女　九代目長兵衛口入稼業　四
小杉健治　連鎖
小杉健治　本所松坂町の怪　九代目長兵衛口入稼業　五
小杉健治　最愛

集英社文庫　目録（日本文学）

集英社文庫　目録（日本文学）

集英社文庫

纏足探偵《てんそくたんてい》 天使《てんし》は右肩《みぎかた》で躍《おど》る

2025年 4 月25日 第 1 刷　　定価はカバーに表示してあります。

著　者　小島《こじま》　環《たまき》

発行者　樋口尚也

発行所　株式会社 集英社
東京都千代田区一ツ橋 2-5-10　〒101-8050
電話　【編集部】03-3230-6095
【読者係】03-3230-6080
【販売部】03-3230-6393（書店専用）

印　刷　株式会社DNP出版プロダクツ

製　本　ナショナル製本協同組合

フォーマットデザイン　アリヤマデザインストア　　マークデザイン　居山浩二

ISBN978-4-08-744766-8 C0193